DES CORNICHONS
AU CHOCOLAT

DU MÊME AUTEUR

Aux Éditions Gallimard
UN AMÉRICAIN PEU TRANQUILLE (Folio).
DES FEUX MAL ÉTEINTS (Folio).
DES BATEAUX DANS LA NUIT (Folio).
L'ÉTUDIANT ÉTRANGER (Folio).
UN ÉTÉ DANS L'OUEST (Folio).
LE PETIT GARÇON (Folio).
QUINZE ANS (Folio).
UN DÉBUT À PARIS (Folio).
LA TRAVERSÉE (Folio).
RENDEZ-VOUS AU COLORADO (Folio).
MANUELLA (Folio).
JE CONNAIS GENS DE TOUTES SORTES (Folio).

Aux Éditions Denoël
TOUS CÉLÈBRES.

Aux Éditions Nil
LETTRES D'AMÉRIQUE (avec Olivier Barrot) (Folio).

Aux Éditions Albin Michel
TOMBER SEPT FOIS, SE RELEVER HUIT (Folio).
FRANZ ET CLARA.

Aux Éditions Jean-Claude Lattès
CE N'EST QU'UN DÉBUT (avec Michèle Manceaux).

www.editions-jclattes.fr

Philippe Labro

DES CORNICHONS AU CHOCOLAT

Roman

JC Lattès

17, rue Jacob 75006 Paris

ISBN : 978-2-7096-2907-2

Pour Alexandra

Préface

Si Stéphanie existait, elle serait, aujourd'hui, une femme de trente-six ans.

Mais elle n'a jamais existé, sauf sous ma plume. J'ai écrit ce roman en 1983 et l'ai fait publier sous le pseudonyme de Stéphanie avec la volonté de respecter un anonymat total et de donner à croire que ce récit des humeurs et épreuves d'une fille de treize ans, un être en mutation entre puberté et adolescence, était authentique, et non le résultat de mon imagination, mes observations.

Le mensonge était parfaitement organisé. La critique et les lecteurs ont cru à la véracité des « cahiers de Stéphanie », à partir desquels j'avais laissé entendre que j'avais fait œuvre de « rewriter », et que ce petit personnage, solitaire et douloureux, après m'avoir confié son texte, était parti vivre une nouvelle existence à l'autre bout du monde. L'éditeur et moi-même avons reçu des centaines de lettres de filles du même âge qui se reconnaissaient en Stéphanie et souhaitaient s'entretenir avec elle. Je ne pouvais pousser la comédie jusqu'à rencontrer ces lectrices au nom de l'adolescente... J'ai continué de mentir. Je dois donc quelques excuses à toutes celles qui écrivaient : « Stéphanie, c'est moi. »

Il me semble que tout auteur, à un instant ou un autre de son activité, peut être tenté par l'écriture sous pseudonyme. Dans le cas en question, j'ai peut-être fait ce choix par crainte d'un manque de crédibilité. Par présomption, aussi : j'estimais sans doute à l'époque qu'il y aurait, dans mes romans à venir, ceux qui relèveraient de la « littérature », et d'autres ouvrages plus légers, moins « dignes ».

Et puis, comme en quelques occasions de ma vie, j'éprouvais un certain amusement à « avancer masqué », pour parler comme Cocteau. Personne n'a vu la supercherie, j'ai attendu plus de vingt ans pour « sortir du placard ».

C'est que, entre-temps, j'avais emprunté le « je » féminin pour deux nouveaux romans. « Manuella » d'abord, (elle a dix-sept ans) et « Clara » ensuite, (elle a vingt, puis trente ans). Avec le recul et le regard lucide de qui essaye de déchiffrer ses propres obsessions, intérêts ou fantasmes, j'ai compris que Stéphanie n'était jamais que la petite sœur des deux autres héroïnes et qu'il s'agissait, en fait, d'une trilogie féminine sur les « premières fois ». Il n'y avait plus aucune raison de se dissimuler. L'éditeur a décidé de republier ce roman qui s'inscrit, tout compte fait, et de façon logique, dans mes travaux littéraires.

Aujourd'hui, je vois bien qu'il n'y a pas de romans « légers » et de romans « qui font sens ». Tous mes livres se suivent, respectant un ordre ou un désordre qui m'ont été dictés par l'envie, le besoin, le désir, le mystère et l'ambition. Parfois, ils se ressemblent et ils finissent par former un ensemble. Les immodestes identifient cela comme une « œuvre », d'autres comme des titres qu'on aligne sous la rubrique : « Du même auteur. »

Voici donc ces *Cornichons au Chocolat*, auxquels je n'ai rien soustrait ou retouché. Aux lecteurs, et aussi aux lectrices (en particulier, celles qui disaient ressembler à Stéphanie, et qui voient s'approcher la quarantaine) de juger si, malgré la révolution permanente des mœurs, mentalités, modes, argots, accessoires, technologies et tendances culturelles, une rebelle reste une rebelle, une enfant reste une enfant, un roman reste un miroir, et le cœur un « chasseur solitaire », comme l'a écrit Carson Mc Cullers.

Philippe Labro

1

Ce matin, à la Ferme, ça y est, Julie est arrivée tout énervée et elle nous a dit :

« Ça y est, je les ai ! »

J'ai regardé Julie pour voir si ça l'avait changée. Elle était tout énervée ça c'est certain, mais je n'ai rien vu de différent. Sauf que quand même, quand elle parlait avec les autres dans la cour, elle avait l'air vachement fière d'elle et c'est comme si elle venait de gagner un concours ou quelque chose. Elle avait l'air de mon père sur la photo où il est avec ses deux associés et ils viennent de signer un contrat, un gros machin certainement, et ils ont tous la figure fendue en deux dans le sens qui va d'une oreille à l'autre et c'est pas seulement parce qu'il y a un photographe, on comprend bien que c'est parce qu'ils sont super-contents d'eux.

Julie avait cet air-là et moi j'ai compté dans ma tête : Sophie, Nathalie, Valérie et maintenant Julie, il ne restait plus que moi, dans les filles que je connais, qui ne les avais pas encore. Pour le reste de la classe, j'ai compté qu'il devait en rester encore deux ou trois qui ne les avaient pas mais enfin on peut pas en parler avec tout le monde, alors on ne sait jamais, mais dans les filles que je connais un peu ou même très bien, j'ai calculé que j'étais pratiquement la dernière à ne pas les avoir et ça m'a dépouillée.

(Je fais des listes. C'est en faisant des listes qu'on s'aperçoit des choses qu'on n'arrive pas toujours à voir du premier coup ce qui ne veut pas dire qu'on les comprenne après, mais enfin les listes, ça aide. Le soir, j'ai ajouté le nom de Julie sur ma liste des Filles Qui Les Ont Déjà Eues et effectivement j'ai vérifié, j'étais presque la seule dans la partie de celles qui les ont toujours pas.)

De toute façon à la Ferme ce matin-là tout m'a dépouillée. On ne peut pas dire que ce soit jamais drôle à la Ferme mais franchement ce matin-là, on a beau l'appeler la Ferme entre nous parce qu'on trouve que c'est plus vrai que Lycée (je vais expliquer : à la Ferme il y a des animaux, il y a des chèvres et des oies, c'est nous, et on nous traite comme ça et tout le monde beugle et tout le monde fait meuh ! meuh ! tout le monde caquette, cot cot cot codet, il y a des débiles et des simples d'esprit, on nous met en rang comme des vaches et on nous nourrit. La seule différence c'est qu'on nous trait pas, mais à part ça c'est pareil, on est des veaux et les profs, à part un ou deux, ils sont comme des fermiers, ils nous regardent tous ensemble mais jamais une par une. Jamais dans les yeux, toujours le troupeau). Je reprends, on a beau appeler ça la Ferme ça fait rire que nous, mais c'est plutôt l'Enfer. J'avais du retard sur tous mes textes, en contrôle zéro, je me suis plantée, je me suis fait engueuler deux fois de suite par deux profs à la suite, alors j'ai pleuré, j'ai eu mal aux yeux, j'ai demandé à aller à l'infirmerie et la prof n'a pas voulu.

Je lui ai fait le coup de l'évanouissement, j'ai fermé les yeux et je me suis forcée à pas respirer jusqu'à ce que la tête me tourne et que je tombe de ma chaise et ça a marché, alors on m'a envoyée à l'infirmerie.

L'infirmière c'est jamais la même, mais celle-là je la connaissais déjà, elle m'a demandé si je voulais appeler mes parents, j'ai dit qu'elle pouvait toujours essayer. Mon père est jamais là et ma mère non plus, et à son travail alors elle m'a dit, j'ai répondu qu'elle ne travaillait pas et que mon père n'était jamais à Paris, alors elle a eu l'air découragée et je lui ai dit que c'était pas grave :

« Ça va passer. »

Elle m'a laissée seule et pendant un moment j'ai été bien. Dans ma liste des Moments Où Je Me Suis Pas Sentie Trop Mal, je pense que je pourrais mettre ce moment-là. La pièce était vide, personne qui criait autour de moi, je suçais un morceau de sucre avec de l'alcool de menthe que l'infirmière m'avait mis sur une cuiller et j'avais gardé la cuiller dans la bouche, j'ai regardé par la fenêtre et j'ai vu plusieurs oiseaux, trois ou quatre à mon avis, et ils sont repassés plusieurs fois devant les arbres dans la cour et c'était pas un moment désagréable. J'ai essayé de passer la vitre pour me mettre au-dedans d'eux mais je n'y suis pas arrivée. Ça demande un grand effort de concentration et j'avais dû perdre beaucoup de ma force en faisant le coup de l'évanouissement si bien que je suis restée de ce côté-là de la fenêtre. Quand je me concentre terriblement, j'arrive quelquefois à me mettre de l'autre côté des choses pour exister avec ceux qui ne sont pas malheureux, ça dure jamais longtemps, mais c'est formidable. Le mieux, c'est avec tout ce qui vole, pas forcément les oiseaux, une fois j'ai réussi à me mettre comme ça dans un avion qui passait au-dessus de Paris au-dessus de l'Arc de Triomphe, je le voyais de chez nous parce qu'on habite dans le XVIIe, mais XVIIe Nord, là où on commence à monter vers la place Clichy et on est dans un immeuble assez haut et un étage assez haut (le huitième) pour pouvoir voir beaucoup de choses et en particulier l'Arc de Triomphe et j'ai donc vu cet avion et j'ai fait un effort absolument gigantesque pour me concentrer et je me suis retrouvée dans l'avion pendant à mon avis quatre ou cinq bonnes minutes. C'était incroyable, je ne sentais plus du tout que j'étais chez moi et j'étais assise toute seule dans un fauteuil de couleur rouge et j'étais très bien. Ça ne m'est jamais arrivé aussi percutant, je l'ai mis en tête de liste sur ma Liste des Moments.

Les oiseaux de l'infirmerie, comme je les avais ratés, ils ne sont pas revenus. Ils passent une ou deux fois comme ça, ou vous pouvez prendre le vol en marche ou vous ne pouvez pas, ils veulent bien vous donner une chance mais pas trois ou quatre, alors ils s'en vont, et à la prochaine fois.

Je sais très bien que si je devais raconter tout cela, on me ferait passer des tests pour voir si je ne suis pas trop fêlée dans ma tête, alors je ne dis rien, sauf à Garfunkel mais lui, il comprend tout, il est aussi fêlé que moi. Je parlerai de lui plus tard.

Je reprends : les oiseaux ne sont pas revenus. Alors j'ai repensé aux filles de la classe et je me suis remise à compter parce que je dois avouer que ça m'obsède, j'arrête pas d'y penser, je vais quinze fois par jour aux toilettes, ma mère me demande ce que je fais là-dedans et mon père me dit que je suis la record woman du monde de consommation de P. Q., et je frotte et je frotte, des fois ça me fait saigner et je suis tout écorchée ça me fait très mal mais c'est rien, c'est pas le sang qu'il faudrait, c'est pas ce sang-là que j'attends, il est trop rose, c'est pas ça du tout, ça ne dure pas. Mais c'est pour donner tout de même une idée à quel point je ne pense qu'à ça. Alors, les filles : eh bien je suis sûre que parmi elles il y en a deux ou trois qui friment. On ne sait jamais. Tout le monde frime, tout le monde ment, même les filles de mon âge. J'ai cru quand j'étais jeune qu'il n'y a que les parents qui mentent mais aujourd'hui je sais que toutes les filles mentent plus ou moins. Les garçons je ne sais pas, je ne leur parle jamais, sauf à un, Pablo et lui, s'il ne ment pas tout le temps, il me cache des choses, j'en suis sûre : Pablo a un Secret.

Même moi, je mens. Mais je ne mens pas à moi. Quand je suis seule avec moi, je ne frime pas. Et si j'écris ces choses, si j'ai commencé à écrire ce cahier, c'est justement pour arrêter la vérité, je veux dire comme au cinéma quand ils arrêtent l'image, ou à la télé, moi je veux arrêter la vérité.

N'empêche, pour revenir aux filles, quand j'ai bien compté et recompté il y a quelque chose qui m'a déchiquetée, c'est que le club des ie, c'est-à-dire Soph*ie* Nathal*ie* Valér*ie* et Jul*ie*, elles les ont toutes ! Moi, je suis la cinquième ie. Mon nom, c'est Stéphan*ie*. Il faudra un jour que quelqu'un nous explique pourquoi nos parents à toutes les filles de mon âge, ils se sont cru obligés d'aller chercher uniquement des prénoms en *ie*, des prénoms aussi tartes. Plus moche et plus banal, je ne connais pas. À part Virginie peut-être, c'est la même catégorie mais c'est pire. À la Ferme, des Virginie, il y a que ça. Ils ont vraiment pas beaucoup réfléchi quand on est nées, cette année-là, ou alors c'était sans qu'ils s'en rendent compte. Quelque chose a dû les pousser à choisir ces noms-là, quelque chose qui pousse les gens à dire ou à faire des trucs qu'on avait pas forcément envie de faire. C'étaient des noms qui devaient rimer ensemble mais ils ne le savaient pas, les parents, et c'est pas eux qui ont écrit la musique. Moi, je crois drôlement à ce genre de choses. J'en parle pas, c'est comme la concentration pour passer de l'autre côté de la fenêtre, c'est même encore plus dangereux d'en parler. Si je me mets à parler de ça, de la musique qui est écrite pour les gens par quelqu'un d'autre qu'eux, on va se moquer de moi et on va dire que je crois en Dieu, alors que ça n'a rien à voir. Mais mes amies, elles feront pas la différence, elles m'en voudront de croire en Dieu alors je me retrouverai toute seule, ce que je ne préfère pas, puisque je le suis déjà beaucoup trop, seule. Ce que j'essaie de faire et c'est le seul moyen de ne pas être trop malheureux dans la vie, c'est de ressembler à tout le monde. Si vous ne ressemblez pas aux autres vous avez des soucis, et des soucis j'en ai assez comme ça, alors je ne parle pas de la musique, celle qui est écrite dans la tête des gens par quelqu'un d'autre, mais je suis sûre que ça existe.

Ça existe, ça existe, j'en suis certaine ! Garanti cousu main, comme dit mon père. D'ailleurs si quelqu'un lit ce cahier et n'est pas d'accord, ça m'est franchement égal. Je n'écris pas pour que les gens me comprennent. J'écris ça parce que j'ai le cœur dans la gorge toute la sainte journée et j'ai compris que ça me ferait beaucoup de bien d'ouvrir un cahier et d'écrire.

Toute la journée dès que je me lève, avant même que je prenne mon petit déjeuner, il est là juste dans ma gorge, mon cœur. Il est remonté à la surface comme les jouets en plastique, qu'on enfonce dans la baignoire et qui sautent dès qu'on ouvre la main. À la Ferme, toutes les filles, quand elles ont le cafard ou qu'elles ont peur, elles disent qu'elles ont les boules. Elles se mettent les deux doigts à la hauteur de la gorge juste sous le menton et elles disent :

« J'ai les boules. »

Moi aussi, je le dis. Mais l'écrire, c'est différent. Je préfère écrire que j'ai le cœur dans la gorge, d'abord c'est moins vulgaire et je voudrais essayer de rien écrire jamais de vulgaire pour ressembler le moins possible à la manière dont parlent mes parents, surtout ma mère. Ensuite, parce que c'est la vérité absolue : pourquoi, quand on a treize ans et qu'on est une fille, on a tout le temps envie de pleurer ? Est-ce que c'est uniquement parce que j'ai pas encore eu mes règles ?

2

Ce matin, en me levant, j'ai cru que je les avais, et j'ai eu mal au ventre en bas, j'ai attendu que ça vienne, mais comme j'avais toujours mal et qu'il ne se passait rien, je suis allée vérifier. Y avait rien, comme d'habitude.

Quand j'étais jeune, c'est-à-dire il y a un ou deux ans de cela, avant que ça commence à vraiment m'énerver au point que j'y pense tout le temps, j'avais beau rouler les mécanoches et faire l'intéressante, je ne savais rien, j'y comprenais rien. Les règles, je ne comprenais pas pourquoi on appelait ça comme ça. Je croyais que tous les mois y avait des règles droites et rectangulaires et longues et fines comme les règles à calculer, quoi, qui vous sortaient du ventre des femmes et que c'était pour cela que ça faisait aussi mal et qu'en sortant, forcément, ça faisait saigner et c'était pour ça qu'on se mettait des tampons et des cotons pour empêcher que ça saigne une fois que les règles étaient sorties. J'étais vraiment pas très maligne à l'époque, j'ai changé. Je veux dire que maintenant je suis au courant, je sais tout, je ne veux pas dire que ça me rend plus maligne pour les autres choses dans la vie. Mais pour les règles, ça va, je sais. Ce n'est pas ma mère qui m'a raconté, elle a jamais le temps et le jour où je lui en ai parlé elle a pris l'air qu'elle prend quand mon père lui demande si elle veut pas un peu changer de vie et se rendre utile à quelque chose, elle a son visage qui se chiffonne et elle lève les yeux au ciel et elle dit des choses comme putain chier j'en ai assez. Là, dans mon cas, quand j'ai voulu lui demander un truc pratique sur les règles (quelle différence y a-t-il entre une serviette et un tampon et si on se met un tampon, est-ce qu'on risque pas de plus être vierge ?) elle a pas tout à fait parlé comme elle parle d'habitude. Elle m'a prise contre elle très fort en disant : oh ma pauvre petite fille qui va devenir une grande fille, quatre ou cinq fois à la suite et elle m'a écartée aussi vite mais je n'avais rien senti quand elle m'avait serrée contre elle. Les mères normalement, quand on se frotte contre elles, c'est supposé être chaud comme quand je prends Garfunkel dans mes bras mais ma mère, rien, c'est comme si elle avait le sang toujours froid. Elle n'est jamais chaude ma mère, c'est mon père qui doit pas rigoler quand il se couche avec elle, à mon avis il se réchauffe tout seul avant, ça doit être pour ça qu'il boit des liqueurs du genre Drambuie ou Bénédictine, j'en ai essayé un soir, c'est poisseux et c'est tout brûlant si on en boit plus d'un verre à la suite. De toute façon, il ne couche pas souvent avec elle, ils ne se voient jamais. Il est toujours en voyage pour aller acheter ses surplus militaires et elle, même si elle ne fait rien d'utile dans la vie (pour ça, mon père a raison : quelle est l'utilité de ma mère dans la vie ?), elle se débrouille quand même pour être toujours jamais là. Résultat : c'est moi qui suis seule. J'ai fait une liste des Soirées Où Mes Parents Étaient Ensemble À La Maison et où on a tous mangé ensemble. Elle est pas longue, cette liste. De toutes mes listes, c'est la plus déprimante. Je crois même que je vais l'abandonner, puisque quand je fais des listes, c'est pour comprendre un peu mieux ce qui m'arrive et là j'ai plus besoin de comprendre, j'ai tout compris, la seule chose que je me demande, c'est pourquoi ils m'ont faite s'ils avaient aussi peu envie de me voir.

Papa achète essentiellement des uniformes, des trucs anciens des armées étrangères de guerres qui ont eu lieu il y a longtemps, et il les revend très cher, en ce moment il a trouvé des stocks en Italie et il les échange contre d'autres stocks en Amérique aux États-Unis. Ça l'occupe toute la journée, toute l'année, il adore ça. Ma mère, elle, ce qui l'occupe c'est de ne rien faire avec plusieurs amies comme elle. Je ne pourrais vraiment pas dire où elle est la plupart du temps mais elle dit qu'elle est super-débordée et qu'elle ne sait pas où donner de la tête.

Alors évidemment, je me demande pourquoi ils m'ont faite. Ils auraient pu en discuter avant. C'est injuste. Moi, je n'ai pas demandé à venir, donc si je suis venue, c'est qu'ils m'ont voulue, parce qu'ils auraient très bien pu ne pas m'avoir, avec toutes les méthodes actuelles et l'argent qu'ils gagnent et les relations qu'ils ont. (Mon père, tous ses amis sont docteurs, ils ont tous les mêmes voitures, des Mercedes.) On pourrait quand même imaginer qu'ils se sont dit : voilà on va avoir un enfant, il va falloir l'aimer et s'occuper d'elle, alors on va prendre des bonnes résolutions, mais ils n'ont rien fait de tout cela et je trouve ça pas juste. C'est même franchement dégueulasse, et j'ai pas peur d'utiliser ce mot. C'est à pleurer. Moi, j'aurais très bien pu rester où j'étais.

Parce que je suis sûre que j'étais quelque part. Dans une fleur, ou dans un oiseau, ou dans un chat, ou dans la mer. Je suis sûre que j'ai eu une autre vie, sinon je n'arriverais pas aussi souvent à passer de l'autre côté des fenêtres et des murs, et à me retrouver ailleurs pendant quelques minutes. Je ne crois pas que tout le monde a eu une autre vie. Je crois que les filles qui sont heureuses, elles n'ont pas besoin d'avoir eu d'autres vies. La question que je me pose c'est surtout quelle vie j'aurai après celle-là que je suis en train de vivre. De toutes les façons, ça peut pas être autant l'Enfer que celle-là.

C'est pour ça que je voudrais tant avoir mes règles. Parce que quand même, je suis sûre que ça doit terriblement changer quelqu'un, de devenir une femme d'un seul coup. J'en ai parlé avec Julie puisque c'était la dernière à qui ça venait d'arriver. Je me suis dit qu'elle devait être encore sous le choc. Je lui ai demandé :

« Mais comment tu es maintenant ? Est-ce que tu te sens différente ? »

Elle n'a pas voulu me répondre. J'ai posé la même question aux autres ie, elles ont toutes pris la même expression mystérieuse, elles n'ont pas répondu. Peut-être que c'est trop difficile à raconter, on peut pas le raconter, on peut seulement le vivre. Pourtant, quand on se raccompagne les unes après les autres après les cours et qu'on se parle, je ne vois pas de différence entre les autres ie et moi, je les trouve même un tout petit peu plus connes que moi. Mais il doit bien y en avoir une, de différence, et si mes copines n'arrivent pas à la sentir, la différence, je suis mortellement absolument certaine que moi quand j'aurai mes règles et que je serai enfin une femme, tout va changer ! Ça sera sidéral, y a pas d'autre mot. Sidéral.

Mais pour revenir à mon père et à ma mère. Mon problème en fait, en dehors du fait que je ne suis pas bien dans ma peau, c'est que je n'ai pas de Mamie ni de Papi. Je le vois bien avec mes copines. C'est pas tellement que leurs parents s'occupent mieux d'elles que mes parents de moi, c'est qu'elles ont toutes au moins une Mamie. Parfois elles en ont même deux. Et celles qui sont vraiment des veinardes intégrales, elles ont deux Mamie et deux Papi, c'est-à-dire quatre personnes qui n'ont pas d'autre occupation dans la vie que de les aimer ! Quel bol elles ont celles-là, c'est pas normal : quatre fois de l'amour pour le même enfant, c'est génial, non ? Quatre fois des baisers, quatre fois des gens qui s'occupent de vous et qui vous écoutent, qui vous demandent ce qu'on a fait en classe, qui vous emmènent au théâtre, en vacances, en week-end à la campagne, qui vous écoutent quand vous leur parlez et qui vous répondent, ça, c'est le bonheur. C'est tellement bien d'avoir des grands-pères et des grands-mères, c'est tellement pratique. Mais c'est pas parce que les Papi et les Mamie font des cadeaux. Moi, des cadeaux, ma mère elle doit m'en faire chaque fois qu'elle m'a fait une promesse qu'elle a pas pu tenir, et mon père chaque fois qu'il revient de voyage, c'est-à-dire que j'ai de quoi remplir une chambre entière avec leurs cadeaux et au moins un placard. Finalement, c'est ce qu'on a été obligé de faire à la maison : ils ont loué une chambre de bonne à l'étage au-dessus rien que pour y mettre les cadeaux qu'ils m'ont donnés. Je n'y monte jamais. J'ai la clef mais j'ose pas y aller. J'ai l'impression que si j'ouvrais la porte, toutes les promesses de ma mère, je m'en souviendrais et que j'en pleurerais toutes les larmes de mon corps. Il y a combien de larmes dans un corps ? Un jour, j'ai essayé de ne pas m'arrêter de pleurer pour voir si je pourrais épuiser mes larmes, une bonne fois pour toutes. J'ai dû pleurer tout un après-midi, j'ai mis trois jours à m'en remettre, il a fallu que j'aille à la Ferme avec des Ray-Ban en plein hiver, tellement j'avais les yeux gonflés et rouges. On m'a traitée de frimeuse. Ils croyaient que je voulais imiter des actrices ou des chanteurs. Julie m'a dit :

« Qu'est-ce que tu veux prouver ? »

Je lui ai dit :

« Je veux établir une nouvelle statistique. »

Elle a cru que je me foutais d'elle et elle avait raison. Mais j'ai rien prouvé du tout en fait, parce que, depuis, j'ai repleuré, ce qui doit vouloir dire que ça se renouvelle éternellement, les larmes. Ça m'a calmée tout de même, je pleure moins qu'avant, de toute façon, pleurer s'il n'y a personne qui vous console, ça vaut pas la peine. C'est pour ça que j'aurais aimé avoir un Papi ou une Mamie ou les deux. C'est les mieux pour consoler. Ils ont tout le temps devant eux. C'est des consoleurs, les grands-parents. Nathalie, à qui j'en parlais, m'a appris un truc incroyable. Elle m'a dit qu'elle avait un Papi qui était un sale con, un vrai salaud qui détestait les enfants. À la campagne, quand elle va chez lui, il coupe des petites branches dans les buissons pour lui flanquer des coups sur les jambes avec. En plus il paraît qu'il fait pipi sur les fleurs et qu'il vient dire aux parents de Nathalie que c'est Nathalie qui l'a fait. Ses parents l'ont engueulée. Elle va plus jamais chez lui. Ça, ça m'a sciée. Un Papi qui fait tout comme un adulte, je ne croyais pas que ça pouvait exister.

Mais les Gens Heureux, ça existe. D'ailleurs chez eux, c'est toujours pareil. Chaque fois que je vais chez des Gens Heureux, j'ai l'impression que je rentre dans la même maison. On peut faire une liste, il y a toujours les mêmes choses qui reviennent. D'abord, il y a toujours des frères et des sœurs, il y a toujours quelqu'un quand on arrive. Quand je raccompagne Sophie chez elle, il y a toujours quelqu'un qui était là avant qu'elle débarque. Donc il y a toujours un truc qui est en route, une tartine, la télé, le téléphone, de la musique ou des jeux, il se passe toujours quelque chose qu'avait commencé avant vous et je trouve ça formidable, moi, d'arriver dans un moment dont on n'a pas connu le commencement. C'est comme au théâtre, c'est drôlement intéressant parce qu'il faut essayer de deviner le début de l'histoire. C'est bien aussi, parce qu'on a pas à prendre de décision toute seule, ce sont les autres qui l'ont fait à votre place.

En plus, chez les Gens Heureux, ils s'occupent pas tellement de vous, ils vous regardent pas comme si vous étiez spéciale ou anormale, ils vous acceptent sans discuter. En plus, les parents s'aiment, ça se voit tout de suite parce qu'ils ne crient pas, ils ne se parlent pas comme s'ils voulaient toujours se reprocher quelque chose, ils ne parlent pas d'argent, ils ne parlent pas de divorce, ils ne parlent pas d'envoyer leurs enfants en pension, ils n'ont pas l'air tout le temps pressés de s'en aller de chez eux.

Ça aussi : chez les Gens Heureux, au bout d'une heure ou deux, ils sont très gentils et tout et tout mais on a envie de partir quand même parce qu'on est pas du tout à sa place. En tout cas, moi c'est comme ça. Des fois je me recule et je me vois, et alors je me dis : il faut qu'Elle s'en aille.

Alors, Elle s'en va.

3

Ce matin, elles avaient toutes des jupes, sauf moi. Je leur ai demandé pourquoi. Elles m'ont regardée en se marrant. Elles avaient vraiment l'air de l'avoir fait exprès comme si elles s'étaient téléphoné toutes les quatre le matin et elles s'étaient dit :

« Pour bien énerver Stéphanie, on va toutes se mettre en jupe ou en kilt pour bien lui montrer qu'on est des femmes et qu'on a nos règles et que c'est beaucoup mieux de porter des jupes quand on a ses règles parce que quand même on est moins serrées, ça fait moins mal, on est sûre de pas tacher ses jeans, ça va drôlement humilier Stéphanie. »

Je leur ai demandé :

« Alors, vous vous êtes mises d'accord ? »

Elles se sont marré. Elles sont dégueulasses. D'abord, elles peuvent pas avoir toutes les quatre leurs règles en même temps, faut pas exagérer. Et puis, qu'est-ce que ça prouve, de porter une jupe ? J'en porte bien une, moi aussi, et il m'est rien arrivé encore. Alors ?

J'en ai eu marre. Je suis allée à la pharmacie qui est au coin du boulevard à la sortie du Lycée, je veux dire de la Ferme, et j'ai acheté pour plus de quarante francs de Obé avec tout mon argent de la semaine. J'ai mis les paquets de Obé dans mon cartable et l'après-midi, en cours, j'ai bien ouvert le cartable pour qu'au moins une, celle qui est assise à côté de moi, c'est Sophie, elle voie ça et elle le dise aux autres. Mais il s'est rien passé. Sophie a fait comme si elle n'avait rien vu et moi il me restait qu'à ranger les tampons dans le tiroir de la commode dans ma chambre, à côté des boîtes de Tampax que j'avais achetées le mois avant et des boîtes de Kotex que j'avais achetées le mois avant d'acheter les Tampax.

Si ça continue, je pourrai ouvrir une pharmacie.

Des fois, je me trouve tellement ridicule que je me fais rire moi-même.

4

Hier après-midi, à la fin de la Raccompagne, je me suis retrouvée seule avec Pablo et j'ai réussi à savoir son Secret.

On se raccompagne les unes et les autres à la sortie de la Ferme, on commence par chez Sophie, c'est elle qui habite le plus près, après c'est Nathalie, après c'est Julie, après c'est Valérie, c'est elle qui habite le plus loin du côté de la rue des Dames, après c'est chez moi, après c'est Pablo.

Pablo, c'est le seul garçon de la classe qu'on fréquente, les autres garçons sont tous des débiles imbéciles crâneurs sans exception. Pablo est plus petit que nous, à mon avis il a des problèmes de croissance, il porte quand même des jeans et des tiags pour faire le grand, mais il porterait des culottes comme les petits garçons, on trouverait ça normal. Ce n'est pas important parce que Pablo, il est pas plus espagnol ou portugais que Sophie ou moi, mais c'est comme ça qu'on l'appelle à la Ferme. On l'a accepté dans notre groupe parce qu'il était gentil et aussi parce que ça faisait une personne de plus à raccompagner et que ça nous permettait de faire durer un peu plus le temps avant qu'on se retrouve chacune chez soi. Comme je suis la dernière des filles, je ne leur ai jamais raconté, mais il y a toujours un moment quand Pablo et moi, on reste seuls, où il me dit :

« Bon, maintenant je te laisse. »

Et il part en courant très vite, il traverse la rue à hauteur du pont Cardinet et j'ai jamais pu savoir où il allait aussi vite et pourquoi, en fait, il refusait que je l'accompagne vraiment jusqu'à sa porte. C'est pour ça que j'ai toujours cru que Pablo avait un Secret.

Je n'en ai jamais parlé aux autres et j'ai eu raison parce que hier après-midi, Pablo m'a dit :

« Maintenant, je sais que je peux te faire confiance. »

Je lui ai demandé pourquoi. Il m'a dit :

« Parce que ça fait depuis la rentrée qu'on se connaît et qu'on se raccompagne et t'as jamais raconté à tes copines que je partais en courant pour pas que t'ailles jusqu'à la porte de chez moi. »

Je lui ai dit :

« Je l'ai pas raconté parce qu'à mon avis tu as un Secret. »

Il m'a dit :

« Oui j'ai un Secret, est-ce que tu veux que je te le montre ? »

J'ai dit oui et il m'a pris la main et on a traversé la rue juste à l'endroit où d'habitude il part en courant et j'arrive pas à le suivre. On a marché jusqu'après le pont Cardinet, on a pris des petites rues et on s'est retrouvés dans une sorte d'impasse avec une petite maison et un petit jardin derrière une grille au bout, un peu comme il y a dans un autre coin du XVIIe, on appelle ça des villas, même si ça ressemble pas à une villa parce qu'une villa, pour moi, c'est une grande maison blanche au bord de la mer. Pablo m'a dit :

« J'habite ici. Il faut qu'on se dépêche parce que j'ai cinq minutes de retard et l'Autre va s'inquiéter. »

Je lui ai demandé :

« C'est qui l'Autre ? »

Il m'a dit :

« C'est mon Secret. »

Il a sorti une clef de la poche de son K-Way, ce qui m'a tout de suite fait comprendre qu'il était comme moi, qu'il avait sa clef parce qu'il n'y avait jamais personne chez lui à l'heure du goûter après les cours et il a ouvert. Il m'a demandé de lui jurer que je répéterais rien à personne.

J'ai dit :

« Je jure. »

Il m'a dit :

« Faut jurer sur la tête de quelqu'un que tu aimes. »

J'ai dit :

« Je te jure sur la tête de Garfunkel. »

Il m'a demandé :

« C'est qui, Garfunkel ? »

J'ai dit que c'était mon chat, alors il m'a dit que ça allait et il m'a emmenée au bout d'un couloir avec deux ou trois petites marches, à côté d'une cuisine et une rampe en bois, bizarre, de l'autre côté des petites marches. De l'autre côté, il y avait une porte, et Pablo l'a montrée du doigt en faisant chut ensuite sur ses lèvres. On est allés dans la cuisine, il a ouvert le Frigidaire et il a pris un yaourt et il l'a mis sur une assiette et il a frappé à la porte. J'ai entendu une voix qui disait :

« T'es en retard, Paul. »

C'est comme ça que j'ai vérifié qu'il s'appelait bien Paul et pas Pablo. La voix, c'était une voix de garçon, mais un garçon plus vieux que Pablo, à mon avis. Alors Pablo a ouvert la porte, il est entré après m'avoir fait un geste de la main pour que je reste cachée de l'autre côté de la porte. Je les ai entendus parler, j'étais tout près :

« À quelle heure tu rentres aujourd'hui, disait la voix du garçon que je connaissais pas. Tu es un petit peu en retard, tu as dû faire une rencontre.

— Non, non », disait Pablo.

L'Autre, celui qui parlait, j'ai tout de suite compris que c'était lui l'Autre, il avait une voix très basse et douce, un peu comme les gens qui disent la messe, ça monte et ça descend comme une chanson sans musique.

L'Autre a continué :

« Je sais que tu as amené quelqu'un ici. C'est évident. C'est évident. »

Je me suis demandé comment l'Autre devinait tout cela mais Pablo m'a pas laissé le temps de trop réfléchir, il a dit à l'Autre :

« On peut rien te cacher, c'est ma meilleure amie, elle dira rien, elle s'appelle Stéphanie. »

L'Autre a dit :

« Fais-la entrer. »

Pablo est venu me chercher et je suis entrée dans une chambre où il y avait des livres et des journaux partout, partout sur le sol, aux murs sur des rayons, partout, avec une énorme télé au milieu, avec un magnétoscope, avec aussi des piles de cassettes les unes sur les autres, et dans une petite chaise roulante il y avait l'Autre. C'était un garçon qui ressemblait beaucoup à Pablo, il avait le même nez que lui mais il était tout pâle, alors que Pablo il est très rouge et très rond et très petit. L'Autre était bien plus maigre et à mon avis plus grand et plus mince mais on peut pas vraiment savoir avec quelqu'un qui est assis sur une chaise comme celle des paralysés. Ce qui m'a le plus pulvérisée c'est qu'à mon avis l'Autre était plus jeune que Pablo, à mon avis il avait deux ans de moins mais, ce qui est bizarre, c'est qu'il avait cette voix grave et basse et qu'il parlait comme s'il était bien plus vieux que Pablo et même que moi.

Pablo a dit :

« Je te présente mon frère. Elle, c'est Stéphanie. »

On s'est dit bonjour. Je lui ai demandé :

« Pourquoi tu te caches comme ça ? »

Il m'a dit :

« C'est mes parents. Ils ont honte de ce qui est arrivé. Alors ils ne veulent pas que je sorte avant que je sois guéri mais peut-être que je guérirai jamais. »

Il m'a expliqué un truc absolument incroyable, qu'il y a un an et demi il avait fait une grève de la faim pour protester contre ses parents parce qu'ils étaient trop sévères avec son frère aîné, avec Pablo. Ça m'a jetée. J'avais jamais entendu parler d'un truc pareil, un enfant qui fait une grève. Il m'a jetée encore un coup, parce qu'au moment où je pensais ça, il m'a dit :

« Je sais que t'as jamais entendu parler d'un truc pareil, ça arrive rarement, mais c'est arrivé. L'ennui, tu vois, c'est que ça m'est retombé dessus parce que la grève de la faim, elle m'a paralysé. »

J'ai trouvé qu'il parlait tellement bien, et il m'a encore sciée une fois puisqu'il m'a dit :

« Si je m'exprime aussi bien, c'est parce que depuis un an et demi que je reste à la maison, je n'ai pas arrêté de lire et de regarder la télé. Je m'améliore. »

Il a fait un grand tour de la main autour de la pièce comme pour dessiner avec un compas et il m'a regardée dans les yeux. Il m'a dit :

« Tu crois que je sais lire dans la tête des gens, hein ? »

J'ai répondu que oui, que j'avais cette impression depuis le début. Il m'a dit :

« Je sais seulement lire dans la tête des gens qui sont comme moi ou comme Pablo. Tu fais partie de ces gens-là. On est pareils. Ce n'est pas une question de pouvoir surnaturel, c'est une question de ressemblance psychologique. »

J'ai dit :

« Et pourquoi tu guérirais pas un jour ? »

Il m'a dit :

« Je peux guérir, c'est vrai, on va bien voir. Je souffre d'une poly-neuropathie carentielle, ils vont me refaire marcher un jour, sans doute. »

J'ai dit :

« Mais pourquoi tu sors pas ? »

Il m'a dit :

« C'est mes parents. Ils ont eu honte. »

J'ai dit :

« Mais t'as pas envie de sortir ? »

Il m'a dit :

« Je vais te dire la vérité, Stéphanie, pas vraiment non. Je préfère passer mon temps dans ma chambre à lire et à regarder des cassettes et apprendre des choses en regardant, c'est mieux qu'aller dehors, avec toute cette débilité débilitante ! »

Là, il m'a vraiment jetée, encore un coup. Il parlait comme dans un dialogue de film, ça m'a un peu énervée parce que j'ai eu l'impression qu'il aimait bien ça et qu'il jouait un peu la comédie, et ça m'a empêchée de le plaindre, mais il m'a dit :

« Je frime pas tu sais, je parle comme ça parce que c'est des mots que je me fabrique quand je suis seul, j'essaie pas de t'impressionner, Stéphanie. Tu en sais autant que moi, mais tu ne le sais pas. »

Je me suis alors dit que c'était impossible de lui en vouloir longtemps, parce que dès qu'on pensait un truc, il le pensait en même temps que vous et il vous mettait dans son coup. Je crois qu'il était très content de me connaître. Il faisait rouler sa chaise avec ses mains et il se baladait autour de la pièce en fredonnant. Pendant ce temps-là, Pablo s'occupait entre la cuisine et la chambre et il allait souvent voir à la porte d'entrée et ils m'ont expliqué qu'ils surveillaient tous les deux pour quand les parents arriveraient, parce que les parents aimaient pas beaucoup que Pablo reste avec son frère et pour pas qu'il y ait de drame, Pablo restait dans la chambre de l'autre côté de la maison dès que leurs vieux rentraient.

J'ai dit à Pablo :

« C'est des salauds, vos parents, il faut faire quelque chose et le dire à quelqu'un. »

Pablo et son frère se sont mis à crier ensemble :

« Non ! »

Et l'Autre m'a dit :

« Si tu fais ça on ne te parle plus jamais, tu seras encore plus seule qu'avant. »

J'ai pas tout de suite compris. Il m'a dit :

« D'abord tu sais très bien qu'il faut rien raconter aux grandes personnes. Et puis je vais te dire, mes parents ils ont leurs raisons. Ils me martyrisent pas, faut rien exagérer. Ils ont honte et ça les regarde. Je mange à ma faim et je continue de m'éduquer. Alors laisse-les faire, ça finira par s'arranger. Ils veulent que leur faute s'efface d'elle-même. T'en fais pas, je suis bien soigné. Mais ils veulent pas que ça se sache dehors. C'est tout. Je ne les combats pas. En attendant, maintenant que tu nous connais et que tu connais notre secret, tu ne vas pas nous trahir, parce qu'on ne te reverrait plus. Alors, t'as pas le choix. »

J'ai répondu qu'il devait avoir raison dans sa tête.

« Il vaut mieux avoir deux amis de plus et partager leur Secret plutôt que de rien avoir du tout. »

Pablo m'a dit :

« Maintenant il faut t'en aller, maman va rentrer. »

Je suis partie et en fermant la porte, Pablo m'a encore fait jurer sur la tête de Garfunkel que je ne dirais rien. J'ai vu l'Autre dans le fond du couloir qui dansait avec les roues de sa chaise d'avant en arrière. Il s'est arrêté une seconde pour me faire au revoir avec la main, jamais quelqu'un m'avait autant jetée. Ce qui m'a le plus frappée, c'est qu'ils avaient l'air très heureux tous les deux quand je suis partie. L'Autre a même crié :

« La Paix soit avec toi ! »

En imitant les Indiens comme dans les westerns, en faisant le clown, en fait.

Sur le chemin du retour, j'étais très contente de connaître le Secret de Pablo et d'avoir fait la connaissance de l'Autre. Je me suis aperçue que j'avais oublié de lui demander son prénom, mais ce qui m'a le plus sciée, c'est que j'ai eu l'impression, je suis sûre même, qu'ils étaient pas malheureux du tout. Ça, j'en suis pas revenue. Au fond, ça doit remplir leur vie, une histoire comme celle-là. Ça doit être pour ça que Pablo court toujours pour rentrer chez lui. Je me suis demandé s'il valait mieux pas avoir un frère qui souffre de poly-neuropathie carentielle et pouvoir s'occuper de lui, plutôt que d'être une fille, de pas avoir encore ses règles et d'avoir personne d'autre à qui parler que Garfunkel.

5

Garfunkel, donc, c'est mon chat, il est totalement fou. Fêlé ! À mon avis, c'est le chien de ma mère qui l'a rendu comme ça, ils peuvent pas s'encadrer tous les deux. Question : est-ce qu'un Yorkshire peut cohabiter avec un Blue-Point ? Moi je dis : non.

Ma mère, elle dit oui. Le chat, c'est elle qui me l'a acheté, mais un an plus tard elle a acheté son Yorkshire, son chien. Si on peut appeler ça un chien, c'est un Animal Franchement Ridicule. Ils se sont tout de suite très mal entendus avec Garfunkel, alors on a fait castrer mon chat, mais ça n'a rien arrangé. Résultat : Garfunkel ne quitte pratiquement plus la partie de l'appartement où il y a ma chambre, et le Yorkshire quand il rentre avec ma mère, il a droit à la salle à manger, au salon et à la chambre des parents, la grande, avec la baignoire en rond et tout leur décor à la mode à la con. Mes parents, ils achètent tout ce qui est à la mode. Ils ont des walkman, des blousons en soie de toutes les couleurs, ma mère elle s'habille comme une minette, c'est un Être Humain Complètement Risible. Mon père, si la mode c'était de mettre des plumes sur la tête, il le ferait. J'ai jamais vu des gens qui sont autant à la mode. Ils me font honte. Ma mère, elle passe sa journée à s'acheter des fringues et à se faire teindre les cheveux. Elle a une couleur rousse très bizarre, avec des méchettes et des rouleaux et des espèces de franges comme les héroïnes des feuilletons-télé américains débiles, on dirait qu'elle veut poser pour des marques de shampooing tellement elle s'occupe de ses cheveux et de leur couleur. Mon père, il veut s'habiller comme un gamin de dix-huit ans, il met des jeans qui le serrent à la taille et des talons hauts parce qu'il doit se trouver trop petit.

Je comprends pas pourquoi ils se déguisent comme ça. Ma mère, je comprends parce qu'elle est tellement moche, mais mon père je le trouve très beau, il a des yeux verts, même s'il est tout petit, et je comprends pas pourquoi il fait tout pour être autant à la mode et pour se déguiser comme ça. Je veux dire, les papas de mes copines, ils s'habillent normalement, enfin presque. Ils ont des costumes et des cravates ou des chandails en V avec des chemises ouvertes et des pantalons avec des plis, ils essaient pas de ressembler à des Américains chanteurs de rock, ils ont pas l'air de clowns, ils sont sortables, on n'a pas honte d'être vus avec eux dans la rue. Mon père et ma mère, c'est des désespérés de la mode. Ils font tous les plans qu'il faut faire, tous. Le plan vacances par exemple, c'est typique ce qu'ils font.

Ils vont à Avoriaz en hiver, c'est un endroit que j'ai en horreur, il y a pas une bonne pâtisserie sérieuse avec de la place pour s'asseoir, on vend de la fondue à 200 balles, il y a pas d'endroit pour se reposer, c'est l'endroit le plus laid du monde. Ils vont à Deauville en week-end et même l'été, c'est une ville que j'ai en horreur, les gens quand ils viennent au bord de la mer, ils tournent le dos à la mer tellement ça les intéresse pas, tellement la seule chose qui les intéresse c'est de frimer entre eux et de dire du mal les uns des autres et de parler d'argent. Les mémères, elles se mettent en maillot de bain mais elles gardent tellement de trucs sur elles qu'on croirait qu'elles sont encore habillées : les gourmettes en or, les montres en or, les chaînes en or, elles ont toutes des chaînes autour des hanches, du cou, des chevilles, ça fait gling gling gling comme les clochettes du Père Noël dans son traîneau quand elles marchent et les pépères, ils ont presque autant d'or autour des poignets, c'est le mauvais goût intégral absolu, c'est à gerber cette plage, ils arrêtent pas de fumer, de jouer aux cartes et de dire du mal les uns des autres et de parler de cul et d'argent, c'est affreux cet endroit.

Le dernier week-end, on y est allés à Deauville, j'ai été malade pendant tout le voyage, j'ai cru que c'était à cause de mes règles qui allaient venir, on s'est arrêtés trois fois au bord de la route. Mais c'était simplement parce que j'avais trop mangé. Je mange pas trop, mais je mange trop vite, j'avale tout, je mâche rien. Ce qu'il y a, c'est que j'ai une mauvaise habitude qui doit remonter à quand j'étais toute petite quand j'étais plus jeune et que j'ai cru que les chewing-gums, c'était comme des bonbons et je les avalais tous. J'en ai tellement avalé entre l'âge de deux et trois ans que je pense que ça m'a fait comme un tapis de caoutchouc dans le fond de l'estomac, et comme ça j'ai plus de paroi réelle de mon estomac, j'ai donc que du caoutchouc, et donc je peux plus rien digérer sérieusement. En un sens c'est bien parce que je peux faire tous les mélanges. Mon mélange favori, c'est des cornichons et du chocolat et c'est suivi des oignons avec une orange.

Je mélange aussi le chocolat avec la moutarde sur du pain grillé. Ma mère dit que je le fais exprès pour me rendre malade. Mon père dit :

« Laisse, chérie, tu vois pas qu'elle fait de la provocation ? »

Mon père doit avoir raison. Elle fait tout pour qu'on s'occupe d'Elle.

6

Une liste de Tout Ce qu'Elle Fait Pour qu'On s'occupe d'Elle :

Elle laisse la fenêtre de sa chambre ouverte toute la nuit pour bien attraper la crève et pas aller en classe le lendemain.

Elle dort avec Garfunkel même si ses parents lui ont interdit parce qu'ils disent que c'est une très mauvaise habitude à donner à un chat et que le chat est cap'de se réveiller la nuit et de lui griffer toute la figure.

Elle essaie d'avoir des notes en classe complètement aberrantes comme un zéro à un contrôle et un vingt la fois d'après pour obliger les profs à convoquer ses parents et qu'ils aillent voir les profs et qu'ils s'occupent un peu de son avenir à Elle, toutes les autres filles, leurs parents assistent aux réunions de parents d'élèves, Elle jamais.

Elle passe toute une journée à pas parler du tout à personne et à faire comme si Elle était temporairement devenue muette.

Elle se coupe les franges de cheveux avec des ciseaux en escaliers comme ça sa mère est obligée de l'emmener chez le coiffeur et de lui faire faire une nouvelle coupe.

Elle s'envoie des lettres anonymes dans des enveloppes qu'Elle écrit de la main gauche pour pas qu'on reconnaisse son écriture et Elle les montre à son père en disant qu'Elle a peur qu'un jour Elle soit kidnappée.

Elle lit le même livre à la même page pendant plus d'une heure pour se concentrer et avoir les yeux tout rouges et très fatigués.

Elle écoute de la musique religieuse très fort surtout quand ses parents écoutent du rock.

Elle s'habille tout en noir.

Elle garde les mêmes jeans pendant quarante-cinq jours de suite.

Elle a bu de la bière américaine que son père avait rapportée de voyage et Elle a été malade toute la nuit et Elle a vomi sur la moquette jaune.

Elle a gardé le cadavre du dernier hamster qu'Elle avait eu comme cadeau d'anniversaire, Elle l'a planqué dans une boîte vide de cigares, Elle a mis la boîte sur le rebord de sa fenêtre pour pas que Garfunkel joue avec le corps du hamster. Son père lui a ordonné de le jeter mais Elle l'a toujours. Elle dit que si on jette la dépouille du hamster, Elle sautera par la fenêtre avec. (Du huitième étage, Elle a de bonnes chances de pas se rater.)

Elle prend les maquillages de sa mère et Elle se peint la gueule avec en disant qu'Elle va comme ça à la Ferme, mais Elle enlève tout avec des Kleenex dès qu'Elle est sortie de chez Elle et que ses parents l'ont perdue de vue.

Elle va toute seule, par le bus ou le métro, dans les galeries marchandes du quartier de la Défense et Elle revient de plus en plus tard. Elle y rencontre des Noirs et des voyous punk qui lui ont appris à dire distroy à chaque occasion. Elle y connaît aussi des types qui disent qu'ils sont des Zoulous.

Elle dit qu'Elle veut faire du karaté mais Elle va pas au cours après que ses parents l'ont inscrite. Même système pour les cours de danse, de chant, de claquettes, de piano, de cheval, de peinture, de céramique, de russe. Elle se fait toujours inscrire dans tous les cours mais Elle y va jamais.

Elle fait exprès de souhaiter son anniversaire à son père ou à sa mère huit jours avant la vraie date. Ce jour-là, comme par hasard, Elle déjeune chez une copine et le soir Elle dit qu'elle a mal à la tête.

Elle hurle de douleur quand Elle frôle un meuble alors qu'Elle s'est pas fait mal du tout.

Elle arrête pas de faire comme si Elle était blessée et de se mettre des pansements sur les mains et des sparadraps sur le front et du mercure au chrome sur les jambes.

Elle se réveille à 3 heures du matin pour se faire un sandwich au jambon et à la confiture de fraises et Elle laisse des miettes partout sur la table de la cuisine et dans le salon où Elle va le manger (le sandwich) en regardant le ciel noir par la fenêtre.

Elle a tout le temps mal à la tête, tout le temps, tout le temps.

Elle met du lait dans son Coca.

Elle a tout le temps mal au cœur.

7

Quand j'écris que Garfunkel est complètement fou et fêlé, je n'exagère pas. Il fait des choses extraordinaires ce chat, comme par exemple grimper sur les murs et monter au plafond à une vitesse supersonique et redescendre aussi vite et s'arrêter d'un seul coup au milieu de la pièce et me regarder d'un air de dire que je peux pas en faire autant. Seulement, à côté de ça, il est tellement mignon que je lui pardonne tout. Quand il ronronne dans mes bras, on dirait un gros poussin à qui on aurait mis un moteur dans le ventre, mais un moteur de voiture de luxe, c'est-à-dire les moteurs qu'on entend presque pas. Je l'aime. Il me manque beaucoup quand je suis dehors. Garfunkel, c'est pratiquement la seule raison pour laquelle je rentre à la maison. Sinon, il y a longtemps que je rentrerais plus.

Ce qu'il y a de génial avec les chats, c'est qu'ils vous demandent rien. Enfin rien d'autre que des caresses. Le Yorkshire de ma mère, il remue tout le temps les oreilles et son ventrou et sa queue-queue et il pousse des petits cris parce qu'il faut le descendre faire son pipi. Garfunkel, il suffit de lui changer son sable une fois par jour. Il y a pas besoin de le descendre nulle part. C'est un mec totalement indépendant. Il a une vie de rêve, ce mec, même s'il est un peu brimé par la présence du Yorkshire dans la maison.

Le Yorkshire, moi, j'ai refusé de le descendre. J'ai dit à ma mère que c'était son chien, pas le mien, et que je voyais pas pourquoi je lui ferais faire pipi. Ma mère m'a répondu que j'avais pas de cœur. Tu peux parler, je lui ai dit. Elle m'a dit :

« Sors, je veux plus te voir. »

Je lui ai dit :

« Tu serais bien embêtée si je te prenais au mot. »

Elle m'a giflée. J'ai fait comme si ça ne me faisait rien, et d'ailleurs ça m'a rien fait. C'est pas dur, il suffit de penser à autre chose. Moi j'ai pensé à Pablo et à l'Autre dans sa chaise avec les roues. Depuis que je connais leur histoire, je les revois régulièrement souvent tous les deux et ça m'occupe beaucoup la tête. Forcément j'ai vu Pablo beaucoup plus souvent à cause de ça, alors mes copines ont commencé à se foutre de ma gueule et à dire :

« Eh ! tu sors avec Pablo. »

Moi, je sors avec aucun garçon. Pablo c'est mon ami, c'est pas pareil. Et puis sortir, je suis absolument mortellement contre. Elles, même si elles disent comme moi que les garçons sont tous des imbéciles crâneurs débiles, n'empêche qu'elles n'arrêtent pas d'en parler et d'avoir des fous rires et de traîner à la sortie du Lycée autour du banc où y a plusieurs garçons qui s'assoient en attendant l'autobus. Elles font leurs coquettes. Y a Julie et Nathalie qui ont même commencé à un peu sortir avec deux types d'une autre classe et maintenant elles font leurs intéressantes et on se parle moins qu'avant. Sophie, elle, ça va, c'est toujours ma copine, je lui cause encore.

Hier après-midi, y avait gym, et on est dispensées toutes les deux. Elle, elle dit qu'elle a mal au dos, moi c'est dans les reins, on s'est fait faire des dispenses très facilement, pour ça, nos parents, ils refusent jamais, ça doit pas les intéresser qu'on soit bonnes en sport, et pourtant qu'est-ce qu'ils font pas pour s'entretenir! Ils sont tout le temps fourrés au Parc Monceau à faire de la course, ou le dimanche matin ils vont au bois de Boulogne, elle maintenant, ma mère, elle fait de la danse genre athlétique Jane Fonda et lui, mon père, il s'est installé un vélo très compliqué qui doit coûter très cher et qui est évidemment pas fabriqué ici, on dirait qu'il a honte d'acheter quelque chose fabriqué chez nous, et le vélo, il l'a donc mis dans leur salle de bain et il pédale dès qu'il a une minute, enfin dès qu'il est là, ce qui est pas souvent. Je me demande pourquoi mes parents s'excitent autant tous les deux à suer et à s'essouffler. On dirait qu'ils ont peur de quelque chose, ils font toujours comme s'ils avaient quelqu'un qui les poursuivait dans leur dos. Ils courent, ils courent, on dirait qu'ils croient toujours qu'on les regarde.

Donc, Sophie et moi on était dispensées, alors on est allées se balader sur les Champs. On est allées par le métro. Je supporte le métro de moins en moins, j'ai tout le temps envie d'y vomir, mais ça va vite, c'est pratique. Sur les Champs, on est tombées sur une autre copine, elle a changé de lycée depuis l'an dernier, maintenant elle est dans un cours privé, elle s'appelle Fleur, ça au moins c'est un nom original, ses parents sont extra. Fleur est rousse et elle a un chat aussi. On est allées chez elle, c'est pas loin des Champs. On a écouté de la musique, ses parents sont rentrés et nous ont invitées à dîner, moi j'ai dit je peux pas, le père de Fleur m'a dit :

« Tu veux que j'appelle chez toi ? Je te raccompagnerai après le dîner. »

J'ai dit oui, il a appelé, y avait personne, alors il a laissé un message pour mes parents sur leur répondeur et il a dit qu'il rappellerait plus tard. Il faisait bon chez Fleur avec Sophie et avec les parents de Fleur, c'était exactement l'ambiance des maisons de Gens Heureux, sauf que j'ai pas eu envie de m'en aller cette fois-ci et j'ai demandé au père de Fleur si je pouvais dormir là. J'étais fatiguée. Il m'a dit :

« Il faut prévenir tes parents. »

J'ai dit :

« Oh mais j'ai l'habitude, je fais ça tout le temps. »

Ce qui n'est pas vrai. Il a quand même voulu qu'on appelle chez moi et comme y avait toujours le répondeur, il m'a dit qu'il voulait pas risquer d'inquiéter mes parents, alors il nous a quand même raccompagnées, Sophie et moi, jusqu'à chez moi. J'étais assez vexée parce que j'avais eu confiance en lui et je pensais qu'il allait nous traiter comme des filles plus âgées mais il m'a un peu déçue, le père de Fleur. En même temps je comprends qu'il aurait pas aimé que sa fille lui fasse la même chose et je me suis dit que c'était peut-être lui qui avait raison. Sophie est rentrée chez elle à pied. En arrivant là-haut, j'ai ouvert la porte et Garfunkel m'a sauté dessus pour m'embrasser et j'ai compris que j'étais encore seule et que mon père et ma mère, eux, n'étaient toujours pas rentrés et ça m'a filé le cafard. Ça m'a dépouillée. J'ai écouté les messages sur le répondeur. Il y avait celui du père de Fleur, et puis il y avait un message de mon père qui disait à ma mère :

« Ma chérie, m'attends pas, je rentrerai tard, j'ai été obligé d'aller dîner au Méridien avec un client de Los Angeles, je t'embrasse. »

Et il y avait un message de ma mère aussitôt après, c'était plutôt drôle comme gag, et c'était pour mon père et qui disait :

« Mon chéri, m'attends pas, je rentrerai très, vraiment très tard, on dîne entre filles et on ira en boîte après, je t'embrasse. »

On peut trouver ça plutôt comique mais ça m'a pas fait rire parce que je me suis aperçue que ni mon père ni ma mère avaient laissé un seul mot pour moi. Ils disaient pas : si Stéphanie veut nous joindre, nous sommes à tel numéro, ceci-cela – ou si Stéphanie a faim, il y a ceci-cela dans le Frigidaire. Non, c'était comme si j'avais pas existé. Je me suis dit qu'il y avait pas de raison qu'ils soient pas là et que moi je reste seule, alors je suis ressortie. C'est comme ça que j'ai fait ma première fugue.

8

En fait, c'était pas une fugue. Une fugue, on fait son sac, on y met des affaires de voyage, on vole de l'argent dans le tiroir du bureau de son père et on quitte le quartier et même peut-être la ville et on se pointe pas à la Ferme le lendemain matin avec ses cahiers et ses livres. J'ai déjà fait des listes sur les fugues et je sais bien à quoi ça ressemble. Moi, c'était pas une fugue, même si après, c'est le mot qu'ils ont voulu utiliser. J'ai simplement couché ailleurs que chez moi, c'est tout.

J'ai traversé le pont Cardinet et je suis allée par le petit jardin qui est derrière leur maison, gratter à la fenêtre de la chambre de Pablo. Je connaissais bien leur maison maintenant qu'on était des amis avec son frère et lui, et j'ai pas eu de mal à trouver la bonne fenêtre, à grimper par la gouttière et à y gratter. Pablo habite au-dessus de la chambre de l'Autre et les parents de Pablo, ils sont de l'autre côté de la petite maison. Pablo m'a ouvert, il n'avait pas l'air très étonné il m'a fait rentrer.

Il m'a dit :

« C'est dingue, tout à l'heure avant que mes parents le mettent dans son lit, il m'a chuchoté que tu allais certainement nous donner de tes nouvelles ce soir. »

J'ai dit :

« Comment il a pu savoir ? »

Il m'a dit :

« Viens, on va descendre le réveiller. Mais enlève tes chaussures pour pas que les parents nous entendent. »

On a descendu l'escalier sur la pointe des pieds, je voyais la lumière qui passait sous la porte des parents de Pablo au bout du couloir du rez-de-chaussée et on entendait les voix des parents qui parlaient comme ils parlent tous quand ils sont couchés et qu'ils vont s'endormir, c'est comme un disque rayé qui répète toujours les mêmes mots jusqu'à ce que quelqu'un l'arrête. On est entrés en douce chez l'Autre qui ne dormait pas, il dort pas souvent à mon avis. Il était en train de regarder un film à la télé, au ciné-club, on était vendredi, à mon avis il était déjà minuit, on a fait chut avec les doigts sur les lèvres, il était dans son lit contre des oreillers avec la télécommande à la main. Il a souri et il a éteint avec sa télécommande.

Il m'a dit :

« Tu vas passer la nuit ici. On va s'occuper de toi. On va attendre que les parents soient bien endormis et tu remonteras dormir chez Paul là-haut. Comme on peut pas écouter de la musique parce qu'on les réveillerait, je vais te donner un livre à lire. Tu veux lire *Jonathan Livingston Le Goéland* ? »

Je me suis couchée à côté de lui sur les couvertures contre un oreiller qu'il m'a donné et j'ai lu les premières pages de ce livre. C'était très beau. C'était un livre absolument exactement pour moi, je me suis demandé comment l'Autre savait aussi bien ce que j'aimais. Mais comme j'étais fatiguée je ne suis pas allée très loin dans les pages et je me suis endormie. Il m'a réveillée en me remuant les épaules et il m'a dit :

« Remonte chez Paul, tu vas t'endormir t'as trop sommeil et demain quand ma mère viendra pour me faire faire ma toilette, ça va faire des drames internationaux. »

C'est des expressions typiques de l'Autre, ça.

Alors je suis remontée, toujours sur la pointe des pieds et j'ai couché sur le tapis de la chambre de Pablo dans son sac de couchage. Pablo il était tout endormi lui aussi et on s'est pas raconté grand-chose sauf que avant de dormir il m'a dit un truc qui m'a drôlement intriguée. Il m'a dit :

« Faudra que je te raconte pour l'Autre. Il va jamais guérir. »

On a mis le réveil très tôt et je me suis levée à six heures du matin pour repartir chez moi en courant par le même chemin. C'était ça ma fugue, il y a pas de quoi affoler tout le monde. C'est pas Catastrophe Interplanétaire.

J'avais déjà connu le coup des parents qui s'appellent sur le répondeur pour se raconter le vendredi soir qu'ils ont des choses à faire et qu'il faut pas qu'on les attende et je savais très bien que dans ces cas-là, mon père il découche, je ne sais pas avec qui, et ma mère je ne suis pas sûre qu'elle n'en fait pas autant, et je ne sais pas non plus avec qui, mais toujours est-il que dans ces cas-là, ils rentrent toujours très tard bien après six heures du matin. Ça se passe toujours le vendredi soir. Le samedi en général, je ne les revois pas avant très tard, ils dorment jusqu'à trois ou quatre heures de l'après-midi, et après ils m'emmènent manger un hamburger dans un drugstore et on part pour Deauville ou un machin aussi tragique que ça.

Mais là il devait y avoir eu un changement dans leur programme parce que quand je suis arrivée à l'appartement, ils étaient là tous les deux à faire les cent pas dans le grand salon où ils ont mis des meubles Ridicules, modernes et blancs, quoi, et ils étaient dans un état d'énervement à faire peur. Elle était habillée tout en vert avec encore plus de roulettes et de frisettes dans ses cheveux et lui, il avait une saharienne sur le dos et des pantalons du même tissu avec des bottes en crocodile, cloutées doré au bout. Elle m'a sauté dessus, elle m'a giflée deux fois et je me suis retrouvée dans les bras de mon père qui, lui, m'en a mis trois, si bien que j'ai reçu cinq gifles et qu'ils ont crié tous les deux en même temps mais comme maman crie bien plus fort que mon père, c'est surtout elle que j'ai entendue :

« Tu te rends compte de ce que tu fais à ta mère ? Tu te rends compte de ce que tu me fais ? Est-ce qu'elle réalise la peur qu'elle m'a fait ? Putain mon cœur quand même ! Mon cœur qui pourrait lâcher !

Est-ce que tu te rends compte ? Une fugue pour me faire crever, c'est ça, hein ? »

J'ai exprès beaucoup pleuré parce qu'il vaut toujours mieux pleurer quand les parents crient fort et qu'on a fait une bêtise, mais tout en pleurant j'étais assez surprise. Ce qui m'a beaucoup surprise quand même c'était que, pour ma première expérience d'une nuit passée dehors on pourrait croire qu'elle allait me demander d'abord d'où tu sors, où t'étais passée, ou bien qu'est-ce que t'as fait dehors jusqu'à cette heure-ci, chez qui t'étais, mais non : ce qu'elle n'arrêtait pas de me crier, c'était tout le mal que je lui faisais et de se plaindre et de se plaindre. Papa, il essayait surtout de la calmer et de temps en temps entre deux crises, parce que ça continuait de crier du côté de ma mère, il me regardait d'un air de dire, t'aurais pu m'éviter ce genre de problème. C'était assez curieux quand même, parce qu'ils ne m'ont vraiment pas passé un savon, ils étaient plutôt occupés l'une à pleurer sur son propre sort et l'autre à essayer de la raisonner. Alors je suis allée me coucher avec Garfunkel à l'autre bout de l'appartement. J'étais presque déçue qu'ils m'aient pas plus interrogée et engueulée. Quand on fait une bêtise, on s'attend au moins à ce qu'on vous attrape, c'est pas logique si ça se passe autrement.

L'après-midi, ma mère s'est rattrapée. Papa était sorti acheter quelque chose, et ma mère est venue dans ma chambre et là, elle m'a dit une chose terrible que je n'oublierai jamais. Elle a commencé par renverser tout ce qu'il y avait sur ma table, sous prétexte que j'avais pas rangé ma chambre depuis huit jours, elle a tout simplement balancé la table sur le plancher, sans colère, ce qui m'a fait beaucoup plus peur que quand elle est hystérique, et en plus elle a fait ça en souriant avec un sourire froid, un trait tout droit sur les lèvres, comme dans un dessin, et elle m'a dit :

« Crois-moi que si j'avais pas eu besoin de t'avoir, toi, je t'aurais pas eue. »

Et elle est repartie en claquant la porte.

Je me suis dit qu'elle avait voulu dire qu'elle se m'était faite faire pour pouvoir être enceinte et pour que mon père l'épouse et ça m'a vraiment fait mal au cœur. Je me suis demandé si on pouvait mourir d'un arrêt du cœur à l'âge de quatorze ans ou presque, puisque j'ai pas tout à fait quatorze ans, et dans ce cas-là, ça allait m'arriver, parce que ça me pinçait dans la poitrine et j'avais lu quelque part que c'était comme ça qu'elles arrivaient, les crises cardiaques, quand ça vous pince dans la poitrine, mais ça a disparu aussi vite que c'était venu. Ce qui est resté, c'est que j'ai réfléchi.

Je me suis dit que maintenant, j'étais sûre d'être la fille de ma mère.

Pendant très longtemps je m'étais dit que j'étais pas vraiment leur fille à mes parents, et qu'ils m'avaient adoptée. Parce que j'avais rien mais rien de ressemblant avec eux. Je suis vachement grande pour mon âge, peut-être que c'est parce que je ne suis pas réglée, puisqu'il paraît qu'on s'arrête de grandir dès qu'on a ses règles, et c'est pour ça que je suis si grande, et mes parents c'est plutôt des nains. Ils sont tout bruns, lui en tout cas, il est brun avec des yeux verts, et elle est rousse ou sans couleur réelle de cheveux d'ailleurs avec des yeux plutôt bleus, alors que moi je suis blonde et j'ai des yeux noisette, donc on n'a rien en commun. Pendant très longtemps je m'étais dit qu'un jour ils allaient m'annoncer que j'étais leur fille adoptive et qu'à ce moment-là j'irais à la recherche de mes vrais parents et que ça me prendrait peut-être tout le restant de ma vie. Je croyais que j'allais passer mon existence à la recherche de mon vrai père, comme dans les livres, sauf que ça arrive aussi dans la réalité, je le sais. Mais après ce que m'a dit ma mère, j'ai bien compris que j'étais vraiment sa fille. S'il y avait encore un petit doute dans ma tête sur mon père – après tout, peut-être que ma mère m'a eue d'un autre type mais que ce type l'a abandonnée, ce que je comprendrais parfaitement vu son caractère, et qu'elle a alors tout fait pour se faire épouser par le premier venu, c'est-à-dire par mon père –, en tout cas j'ai bien réalisé qu'elle m'avait mise au monde parce qu'elle s'était servie de moi, et ça m'a pas rendu la fin de mon après-midi du samedi très facile.

Heureusement, j'ai regardé par la fenêtre et j'ai essayé de penser au Goéland dont j'avais commencé à lire les aventures dans le lit de l'Autre, la veille. L'histoire du Goéland, c'est un livre qui s'est lu partout, ils en ont même fait un film que j'ai pas encore vu mais maintenant que j'ai lu le livre je n'ai qu'une envie c'est voir le film – curieusement, il passe jamais nulle part. L'histoire du Goéland donc, tout le monde la connaît, je ne vais pas la résumer, mais ce que j'aimais le mieux dans cette histoire, en tout cas ce que j'avais lu avant que je m'endorme, c'était quand Jonathan Livingston le Goéland arrivait à voler plus vite que les autres, plus vite que tout ce qu'il avait pu faire jusqu'ici, et qu'il dépassait ses limites. Ça, ça m'avait vraiment sciée et j'ai essayé d'aller avec lui dans le ciel et d'oublier ce que ma mère venait de me dire. Il y a des fois où quand on décide de plus penser à toutes les saletés que quelqu'un vous a dites, on arrive à disparaître dans le ciel et on a l'impression d'aller plus vite que la vitesse permise. Peut-être que plus on a mal, plus on arrive à s'absenter. Ça doit être pour ça que l'Autre sourit tout le temps. Parce qu'il est tout le temps en train de souffrir et qu'il n'est jamais là. Enfin, jamais vraiment.

9

Cette nuit-là, j'ai fait toute une série de rêves.

D'abord j'ai rêvé au père de Fleur. On allait au cinéma tous les deux et il m'embrassait dans le cou et il me raccompagnait chez moi et il m'embrassait encore, pas comme un vieux mais comme un petit ami.

Après, j'ai rêvé que mon père se fâchait avec ma mère et qu'ils divorçaient et qu'ils me laissaient seule, ni l'un ni l'autre avait envie de me garder, alors ils m'envoyaient vivre dans une pension en Angleterre.

Après, j'ai rêvé que Sophie, Julie et moi, on allait dans un magasin pour acheter des robes et des jupes, uniquement des trucs de femme, mais au moment de payer on avait toutes oublié notre argent, alors ils nous jetaient dans la rue et moi j'étais toute nue, ils avaient gardé tous mes habits et il fallait que je traverse tout le dix-septième arrondissement toute nue pour rentrer chez moi. Sophie et Julie me suivaient en rigolant et en disant :

« De quoi t'as honte ? T'as rien à cacher de toute façon ! »

Elles avaient raison, car dans la rue, dans mon rêve, tout le monde faisait comme s'il n'y avait rien de spécial.

Mon dernier rêve, juste avant de me réveiller, et celui-là il n'a pas duré très longtemps, j'étais fermière en Amérique aux États-Unis, c'est un rêve que je fais assez souvent. Ça se passe pas à la Ferme comme quand on parle du Lycée, mais dans une vraie ferme, c'est un vrai endroit dans la campagne avec des vaches et des granges blanches et des toits rouges et il y a du blé jaune tout autour et toute la journée on s'occupe des animaux et des légumes et c'est moi qui dirige tout ça. Avec moi il y a une autre fille c'est une Américaine, je la connais pas dans la vie réelle, et dans mon rêve elle a pas de visage et on travaille ensemble, on peut dire qu'on est des Associées. Tout le monde porte des tabliers et des sabots, ce qui n'empêche pas qu'on conduit des camions, pas des camions très gros, des camionnettes plutôt, et qu'on est super-équipés. Il y a une cuisine qui ressemble à un laboratoire tellement elle est propre et moderne et blanche, ça brille de partout, il y a toujours du lait et des fruits sur la table, on mange des cornflakes et des œufs avec du jambon qui fume et on fait beaucoup de gâteaux et de tartes, on achète rien à la ville, d'ailleurs il n'y a pas de ville. Tout autour de la ferme, il y a que des champs jaunes mais dans certains de mes rêves ils deviennent bleus, des fois ils sont violets, ça doit dépendre de la saison.

Évidemment aussi il y a des chevaux mais je ne monte pas dessus et personne, mais ils sont toute la journée dans les champs et ils courent autour des granges blanches aux toits rouges. On leur parle, ils viennent vous lécher l'assiette par la fenêtre de la cuisine, c'est carrément dépouillant comme sensation, ça vous déchire tellement on est bien. Dans ce rêve-là il ne s'est rien passé, je me suis réveillée de bonne humeur, c'est mon rêve préféré et d'ailleurs, c'est mon vrai but dans la vie réelle, c'est d'être fermière en Amérique aux États-Unis.

Les autres filles, elles veulent toutes être chanteuses de rock ou faire du cinéma ou faire de la télé ou faire du journalisme ou être mannequin ou être actrice ou être championne de tennis ou de ski nautique ou même de moto, et tout ça à mon avis ça veut dire qu'elles veulent surtout avoir leur photo sur la couverture des journaux, elles veulent pas être des artistes, elles veulent être célèbres, c'est pas pareil. La majorité, elles veulent être chanteuses, pas spécialement de rock mais elles veulent chanter. Moi, quand elles me demandent ce que je ferai plus tard, je réponds être fermière en Amérique aux États-Unis je trouve que c'est plus intéressant comme métier. Au début, je répondais comme elles parce que je ne voulais pas être différente et avoir des ennuis – dès qu'on est pas pareil, on a des ennuis –, mais récemment je leur ai dit la vérité et que ça m'intéresse absolument pas de poser pour des magazines à la con où ils vous font toujours raconter votre vie et c'est toujours la même chose et que franchement chanter des conneries incompréhensibles pour que les parents dansent dessus, déguisés en clowns à la mode, ça me semble pas être un But Intéressant Dans l'Existence. Je trouve même ça parfaitement odieux. Alors elles m'ont dit, Stéphanie t'es une snob prétentieuse crâneuse, alors je leur ai dit qu'elles étaient des petites connes. Des fois, avec mes copines, j'ai des rapports difficiles mais ça s'arrange après, parce que comme dit Valérie, même si on la voit moins souvent qu'autrefois depuis qu'elle sort avec un garçon, « on a toutes le même ennemi commun ». Ce qu'elle veut dire c'est que la vraie guerre, c'est pas entre nous même si on est des pestes et des chipies et des salopes entre nous. La vraie guerre, c'est entre les Gens Âgés et nous.

À la sortie de mes rêves j'étais bien. Je me suis réveillée de bonne humeur, parce que quand je termine toute ma série des rêves de la nuit par celui de la ferme en Amérique aux États-Unis, ça me met de bonne humeur pour toute la journée. Je veux dire que dans ces moments-là je suis prête à tout recevoir dans la gueule, c'est pas grave, puisque je suis encore là-bas dans les champs avec mon Associée dont je ne connais pas le visage et avec les chevaux, et ça peut parfois me permettre de passer toute une journée sans drame international, comme dit l'Autre. Dans ce cas-là, comme je suis là-bas, ça doit se voir sur ma tête et alors mon père me dit :

« À quoi tu penses, où tu es ? »

Et ma mère me dit :

« Pourquoi tu réponds pas quand on te parle ? Elle répond jamais quand on lui parle ! T'as les yeux ailleurs, hou hou ! »

Elle agite sa main devant mes yeux en faisant hou hou ! c'est à peu près la seule fois où elle essaie de faire de l'humour avec moi et elle sourit. Comme elle fait un gros effort, je suppose que je devrais en faire un aussi, mais je n'y arrive pas il doit y avoir trop de trucs désagréables entre nous maintenant, chaque fois que je veux faire l'effort d'être aimable, quelque chose m'en empêche parce que je lui en veux pour tout ce qu'elle m'a dit et qu'elle m'a fait avant. À mon avis, entre ma mère et moi c'est pas réparable. Mon père, ça va un peu moins mal parce que je le vois moins souvent et qu'il crie moins fort mais avec lui aussi je me sens séparée de tête et de cœur. Ce que je ne comprends pas c'est qu'en même temps je voudrais tellement qu'ils m'aiment tous les deux et qu'ils ne me fassent pas honte quand ils s'habillent et quand ils se comportent comme des Êtres Humains Ridicules. L'Autre me dit que ça fait partie de mes contradictions internes.

À la sortie de mon rêve, c'était donc dimanche matin, je me suis réveillée en forme et j'ai d'abord regardé dans la glace à quoi je ressemblais. J'avais toujours les mêmes boutons sur le nez et autour du nez et sur le front et même si je ne fais pas ma coquette, ça me déplaît beaucoup alors je me suis mis du produit bleu sur la figure pour me faire un masque facial. Comme il faisait froid, j'ai mis un bonnet de ski sur la tête et j'ai enfilé un peignoir de bain par-dessus ma chemise de nuit. J'ai ouvert la fenêtre et je me suis penchée pour voir si le cadavre de mon hamster était toujours dans son cercueil sur le rebord de la fenêtre là où on peut pas l'atteindre. Tout allait bien : les fleurs que j'avais mises la veille sur le cadavre n'étaient pas encore sèches. En me redressant avant de refermer la fenêtre, j'ai vu des gens dans l'immeuble d'en face qui me regardaient en me montrant du doigt comme s'ils venaient d'apercevoir une Apparition Martienne. J'ai regardé dans une glace et c'était vrai que j'avais une drôle de tête avec mon masque facial bleu et mon bonnet de ski rouge et le peignoir multicolore par-dessus la chemise de nuit rose aussi. Ça m'a fait rire. J'ai trouvé sans doute que je n'étais pas assez déguisée comme ça et j'ai mis une paire de bottes fourrées, des grosses comme celles des cosmonautes, ça s'appelle des moon-boots et je suis allée prendre mon petit déjeuner dans cette tenue-là. Je me le suis fait toute seule parce qu'ils dormaient encore de l'autre côté de l'appartement. J'ai mangé du chocolat au lait et de la salade de la veille qu'était restée au frigo. Après j'ai nourri Garfunkel qui n'a pas eu lui, du tout l'air surpris de ma tenue, mais Garfunkel, il est unique au monde. Il n'attache aucune importance à ce qu'il voit, c'est un Être Supérieurement Intelligent, il ne s'occupe que de l'essentiel, c'est-à-dire de l'amour.

Garfunkel, il y a ceux qui le caressent et qui l'aiment et qui lui donnent sa nourriture toujours à l'heure, et il y a les autres. Si tout le monde était comme lui, on s'engueulerait jamais à la maison, on n'entendrait jamais un cri. Ça serait un rêve, la maison, tout le monde s'aimerait si tout le monde était comme mon chat.

C'est moi qui l'ai appelé Garfunkel, il avait un nom grotesque comme Ghislain ou Garamand, c'était l'année où on était obligés de leur donner un nom qui commence par un G et la dame chez qui on l'avait acheté l'avait déjà baptisé mais je l'ai débaptisé rapidos subitos. J'ai demandé à mes parents s'ils avaient une idée. Ma mère m'a dit des noms idiots comme Gwendoline (alors que c'est un chat pas une chatte) ou Gustave ou même Galipette des trucs gnia gnia et cucu qui vieillissent pas bien du tout. Il faut dire que pour les noms, ma mère, elle est pas douée. Elle s'appelle de son vrai nom Martine, mais elle se fait appeler Djill, elle doit trouver que ça fait plus jeune, plus moderne, elle est tout le temps à essayer de se rajeunir. Elle me dit des choses comme :

« T'es assez grande pour te débrouiller toute seule. »

Et quand je l'entends parler au téléphone avec ses copines, elle dit :

« Ma fille s'Assume. »

C'est un mot qu'il faudra que l'Autre m'explique en long et en large. Tu parles comme je m'Assume ! Ça l'arrange bien de dire ça. Elle exagère. Elle va même plus loin puisqu'elle m'a dit un jour :

« Maintenant que tu es grande c'est moi la petite fille, il va falloir qu'on s'occupe de moi aussi. »

J'ai répondu :

« Je ne suis pas grande, j'ai pas mes règles. »

Ça l'a sciée pour la journée, on n'en a pas reparlé pendant une bonne semaine de son histoire de petite fille.

Pour le chat, mon père, lui n'avait aucune idée, il m'a dit :

« Appelle-le comme tu voudras c'est ton chat c'est pas le mien. »

Vachement sympa comme réaction, vachement concerné, mon père.

Alors, je l'ai appelé Garfunkel parce qu'il ressemble au chanteur. Il a le même nez en l'air et le même air complètement ahuri et dans les nuages. Ça ne veut pas dire que Garfunkel – le chanteur – c'est mon idole comme disent les débilos quand ils parlent des « jeunes » et de la chanson. D'ailleurs j'ai pas d'idole, c'est un signe Absolu d'Imbécillité Intégrale d'avoir des idoles – mais tout de même, je l'aime bien, ce mec, avec son crâne à moitié chauve et ses poils roux son nez crochu et il garde toujours les mains dans ses poches quand il chante et il se penche en avant on dirait qu'il va tomber dans la foule. Alors j'ai pensé que mon chat ne m'en voudrait pas que je le baptise Garfunkel. J'ajoute que s'il était pas là, mon chat, il y a longtemps que je me serais suicidée.

J'y pense rarement et je trouve que c'est trop tôt pour le faire, parce que je veux me donner une chance de voir comment c'est quand on est une femme et ce qu'on devient à partir de ce moment-là, mais s'il n'y avait pas mon chat à qui parler, j'aurais fait des vraies bêtises. Maintenant, depuis que j'ai rencontré l'Autre et qu'on s'est mis à un peu parler ensemble, j'ai d'autres idées dans la vie, et je ne pense presque plus à me suicider, mais quand j'étais jeune j'y ai pensé plusieurs fois. J'avais même fait une Liste des Moyens Possibles Pour Mettre Fin À Mes Jours, j'ai perdu la liste ou alors je l'ai brûlée, c'était un document absolument confidentiel hyper-secret mais je me souviens que j'avais trouvé que le meilleur moyen, c'était le suicide par Absorption Massive de Raviolis – qui est le plat que je déteste le plus au monde et que ma mère me fait tout le temps ou plutôt qu'elle me laisse faire puisque, comme elle est jamais là à l'heure des repas, elle me laisse toujours une lettre quand je rentre. C'est une lettre très très très intéressante y a exactement cinq mots : « il y a des raviolis » – et c'est vrai qu'il y a que ça dans les placards, c'est une véritable usine à raviolis ici, j'ai horreur de ce plat et même de ce mot. Raviolis, ça fait penser à des rats qui vivent au lit : beurque !

J'ai horreur de toute la nourriture italienne d'ailleurs, c'est une nourriture de paresseux, y a qu'à faire réchauffer les plats : les pizzas, les lasagnes, mes parents ils achètent ça en bas de chez nous chez un Italien, et ils remontent ça pour pas avoir à faire d'effort et à faire de la vraie cuisine comme chez les Gens Heureux. Y a aussi du jambon et de la coppa, ça aussi c'est pas dur, il suffit de le mettre sur la table, c'est pas bien compliqué. Même les gressins, y a pas besoin que ça reste frais, c'est pas comme du pain, ça peut rester des jours entiers dans une corbeille. Ah ! c'est drôlement pratique de manger italien comme dit mon père. Il dit toujours :

« Et si on mangeait italien ce soir ? »

Le pire cadeau qu'on pourrait me faire, le pire au monde, ça serait de m'envoyer en pension en Italie. Mes parents, ils parlent régulièrement de me mettre en pension, c'est pratiquement tout ce qu'ils disent quand ils s'adressent à moi, et c'est toujours à l'étranger, des fois en Angleterre, des fois en Suisse, des fois au Luxembourg, heureusement ils parlent pas de l'Italie. Si j'en juge à leur cuisine, les Italiens ça doit être des gens totalement dépourvus d'énergie et d'imagination. Quand on mange des raviolis et des pizzas à longueur de journée, on doit pas avoir une idée très poétique du monde. L'Italie, si je peux l'éviter, j'irai jamais. C'est en numéro Un sur ma Liste des Choses À Jamais Faire.

Quand j'ai fini mon petit déjeuner, mon père et ma mère n'étaient toujours pas réveillés, alors je suis allée aux toilettes.

10

Liste de Choses à Jamais Faire Sous Aucun Prétexte :

Jamais aller en Italie.

Jamais aller manger des pizzas ou des spaghettis avec les parents dans un restaurant, on en mange assez ici.

Jamais porter de chemisiers avec des jabots ou des jupes-culottes ou des bottes qui montent au-dessous des genoux ou des volants. Ou de la dentelle.

Jamais revenir au Forum des Halles parce que la dernière fois où j'y suis allée j'ai failli être violée par deux types devant le magasin de chaussures de sport et que c'est un endroit dangereux et pas net et que ça risque pas de s'arranger.

Jamais écouter les informations à la radio ou à la télé parce qu'ils disent toujours la même chose toute l'année, tous les jours. Il ne se passe rien d'étonnant. Si encore ils nous disaient qu'on a découvert une autre forme de vie humaine dans l'espace, ça, ça serait un événement. Ça serait Cosmique et Sidéral. Mais ils racontent que des trucs qu'ils ont déjà racontés la veille et qu'ils raconteront le lendemain.

Jamais aller à la piscine municipale et à la rigueur si on y va, jamais mettre un maillot de bain deux-pièces.

Jamais avouer le nom de famille des copines avec qui on vient de faire une bêtise et toujours dire, « c'est une copine, tu connais pas ».

Jamais partir la dernière à la sortie du cours quand tout le monde reste devant la porte et dit du mal des autres. Faire pareil au café quand des fois on y prend toutes un Coca, il faut jamais partir la dernière. Faut toujours partir en se disant, Tiens ça-y-est elles parlent de moi. Et même si elles disent du mal de vous, c'est mieux que de rester la dernière et avoir l'air d'avoir été abandonnée par tout le monde.

Jamais tuer des animaux. Aucun animal.

Jamais les mettre en cage.

Jamais écraser les pigeons quand on conduit dans les rues de Paris – ce qui n'est pas mon cas puisque je n'ai pas encore l'âge de conduire, mais je dis ça plutôt comme un Principe Absolu De Base De La Vie.

Jamais porter de mini-jupe.

Jamais aller en boum. J'y ai été une fois, ça m'a suffi. On peut aller en boum une fois, une seule fois, pour voir comment c'est, mais après faut plus jamais accepter. C'est la débilité totale et absolue.

Jamais hésiter à marcher sur les endroits où il y a marqué « Pelouse interdite ».

Jamais porter de parapluie même s'il pleut très très fort, parce que porter un parapluie vous classe immédiatement dans la catégorie des Êtres Humains Ridicules.

Jamais regarder *Dallas* à la télévision. Jamais regarder Champs-Elysées non plus. Les seuls trucs bien à regarder à la télé, c'est les films en noir et blanc des années 1940 à Hollywood ou alors *Les Arpents verts* qui est le feuilleton le plus con de l'histoire de la télé, mais c'est tellement con que c'est génial. C'est même plus que génial, c'est cher.

Jamais se faire dégrader les cheveux.

Jamais sucer son pouce en public ou pendant les cours.

Jamais passer devant un Mac-Do sans s'arrêter et acheter au moins un shake, des frites et un super-Mac, parce qu'un jour y en aura plus des Mac-Do en France, j'ai lu ça dans un journal alors il faut en profiter quand ils sont encore là. Remarquez, s'ils gardent les Free-Time, c'est encore mieux que les Mac-Do. Il y en a un sur les Champs-Elysées. Les hamburgers sont encore plus super.

Jamais adresser la parole en premier aux garçons. Il faut attendre qu'ils vous parlent et s'ils le font, il faut les regarder tout le temps dans les yeux, ça les traumatise de manière Absolument Intersidérale, ils savent plus quoi dire, ils ont l'air encore plus crétins que d'habitude quand on les fixe comme ça.

Jamais accepter qu'un garçon vous prenne par la main et qu'il vous embrasse, sauf si on l'aime de manière Absolument Indiscutable et Universelle.

Jamais faire une confidence à un professeur – sauf peut-être la prof de musique qui est la seule sympa. C'est une femme formidable, la prof de musique.

Jamais faire confiance aux conducteurs d'autobus, ils essaient souvent de vous mettre la main aux fesses sous prétexte qu'ils ont de la monnaie à vous rendre et que vous vous rapprochez d'eux pour la prendre et comme vous avez pas de carte Orange, vous êtes bien obligée d'acheter un ticket à la pièce.

Jamais s'habiller autrement qu'en imperméable droit, jean Levi's 501 (pas un autre numéro), mocassins et pull en V fauché à son père (quand il savait s'habiller il portait ça et pas des blousons multicolores), et chemise d'homme large à col boutonné mais avec les boutons qui ont été déboutonnés. Et jamais s'habiller comme si c'était l'hiver, même si on a tout le temps froid. Et jamais s'habiller en été comme si c'était l'été, même si on sue beaucoup dans ces cas-là.

Jamais se promener avec un walkman dans les oreilles – c'est l'Instrument Fondamental des Abrutis Absolus.

Jamais penser à l'idée qu'un jour Garfunkel pourrait mourir.

Jamais porter de montre, ça permet de demander l'heure à des inconnus et même à des grandes personnes, et ça permet de vérifier s'ils sont bien-élevés ou mal-élevés ou même s'ils sont cap' d'engager la conversation avec une fille qu'ils connaissent pas sans tout de suite foutre le camp sans même vous avoir regardée.

Jamais désespérer.

Toujours regarder le ciel.

11

Moi, je regarde le ciel le plus souvent et le plus longtemps que je peux. De la fenêtre de la salle de classe, de la fenêtre de ma chambre chez moi, de la fenêtre de l'infirmerie quand je réussis à m'y faire envoyer et je le regarde aussi quand je marche dans la rue. Mon avis c'est que si on regarde toujours le ciel, on doit finir par pouvoir y habiter tout le temps.

Le Ciel, c'est la seule chose qui m'intéresse vraiment. Ce qui m'intéresse aussi parce que je ne le comprends pas, c'est ce qu'il y a entre le ciel et nous, le Vide qu'il y a avant que ça soit vraiment le ciel. Je veux dire, avant que ça devienne bleu ou gris (avec ou sans les nuages), entre ce ciel-là et nous, il y a une sorte de Vide et ça n'a pas de couleur c'est pas du ciel et c'est pas de la terre. Ce vide-là, comment je pourrais l'appeler ? C'est ce Vide qui me semble le plus difficile à traverser avant d'être dans les nuages et dans le bleu ou dans le gris, ça dépend des saisons.

Quand je veux aller dans le ciel, c'est toujours cet espace que j'ai le plus de mal à combattre, c'est comme une glace sur un mur dans une chambre, mais quand on touche la glace on s'aperçoit qu'il n'y a pas de verre. On avance avec ses yeux et avec sa tête en se concentrant très fort mais on est encore dans le Vide, on a pas encore réussi à voler là-haut où c'est bleu. Des fois, le Vide, j'arrive pas du tout à le traverser. Alors je me sens aussi vide à l'intérieur.

Ce que je voudrais, c'est pouvoir tout le temps être en relation directe immédiate avec le ciel et pas avoir à me battre pour traverser le Vide. Mais c'est dur.

12

Dimanche matin donc (je reprends) après mon petit déjeuner, comme les parents ne sortaient toujours pas de leur chambre et que je trouvais que c'était bien long quand même, je me suis enfermée dans mes toilettes.

Les parents, ce qu'ils ne comprennent pas à propos des toilettes c'est la raison principale pour laquelle on y est tout le temps, les enfants. C'est parce qu'on peut s'enfermer à clef ou avec un verrou. S'ils étaient assez grands pour nous autoriser à avoir une clef ou un cadenas sur la porte de notre chambre, on aurait pas autant envie de passer notre vie dans les toilettes. Mais comme ils rentrent dans notre chambre pour un oui ou pour un non sans jamais frapper, comment voulez-vous qu'on s'y enferme pas, dans les toilettes. Moi mes parents, s'ils sont pas souvent chez moi, c'est simplement parce qu'ils sont pas souvent à la maison, mais quand même avec cette habitude qu'ils ont d'entrer dans ma chambre sans frapper, ils m'ont forcée à aller de plus en plus aux toilettes. D'ailleurs elles sont devenues ma deuxième chambre.

À la maison, en fait, il y a trois toilettes. Il y en a une sur le palier de la porte de service, j'y vais jamais sauf quand j'ai bouché mes toilettes à moi avec tous les trucs que je mets dedans (le plombier il vient réparer au moins une fois par mois, on a des notes de plombier astronomiques, ma mère râle tout le temps avec ça). Il y a une autre toilette dans la salle de bain de la chambre de mes parents, j'y vais jamais non plus parce que ma mère déteste qu'on y vienne, en plus il y a une sorte de bout de moquette rose cotonneuse et tout humide sur le couvercle des toilettes, du rose de la couleur du reste de la salle de bain d'ailleurs et je trouve ça d'un goût super-douteux. Enfin il y a mes toilettes à moi.

Elles sont devenues à moi parce que j'y fais des stations tellement prolongées que mes parents ont renoncé à l'idée de s'en servir et depuis que je commence à vraiment grandir ils m'ont pratiquement laissée y entrer et sortir autant de fois que je pouvais et même y rester aussi longtemps que j'y reste – c'est-à-dire, d'après mon père que ça énerve beaucoup, une moyenne de vingt heures par semaine. Il doit sûrement exagérer. Elles sont dans le couloir entre ma chambre et la cuisine, et entre ma chambre et le salon salle à manger. Au début, quand tout le monde utilisait ces toilettes, je ne sais pas pourquoi ils avaient fait ça, mes parents avaient fait mettre une énorme glace sur la porte, quand on la ferme, c'est-à-dire juste en face de là où on s'assoit. Le jour où ils ont fait ça, je ne sais pas pourquoi ils l'ont fait, ils ont commis une Erreur Majeure Internationale. Si un jour j'ai une maison à moi, et si un jour j'ai des enfants, je ferai pas le même genre de gaffe, parce qu'une glace dans les toilettes, ça prolonge la moyenne de station aux toilettes sur une semaine d'au moins dix heures. De toute façon ce que je ferai, moi, je mettrai pas de verrou aux toilettes mais j'en mettrai à la chambre des enfants. Et puis je ne poserai pas de glace.

C'est une glace longue, vu qu'elle est posée le long de la porte dans le sens de la hauteur, elle fait toute la porte et je peux m'y regarder de la tête aux pieds quand je suis assise. Après avoir fait pipi je me rhabille pas et je me tiens debout devant la glace, ma culotte à la hauteur de mes chevilles et je m'examine. Certains jours je me demande si je suis un garçon et si j'ai pas tout simplement un zizi très très très petit et que c'est un accident de la nature qui me l'a fait pousser au-dedans vers le dedans plutôt qu'au-dehors vers le dehors. Évidemment, je commence à avoir de la poitrine mais comme j'arrête pas de grandir et que je suis très maigre, même si je mange tout le temps et surtout rien que de la nourriture super-grossissante, ma poitrine elle a des seins tout plats et il paraît que les garçons quand ils sont en train de grandir comme moi en ce moment, eux aussi ils ont de la poitrine. Il paraît même que quand on presse dessus il leur sort du lait. Moi ça m'est pas encore arrivé.

Des poils, j'en ai et ils sont de la couleur de mes cheveux, pas comme les poils de ma mère qui sont tout noirs alors qu'elle a des cheveux de la couleur des nouveaux appareils téléphoniques orange. J'en ai pas beaucoup mais assez pour être sûre que je ne suis pas faite anormalement. Quand je me retourne devant la glace, je penche ma tête entre mes jambes pour me voir à l'envers. C'est-à-dire que je vois ma tête entre mes jambes et je vois mes fesses et mon dos et ça m'a l'air tout à fait normal aussi de ce côté-là. Je me rassieds alors sur les toilettes et j'attends. Je vérifie si je saigne et je saigne pas.

Je lis beaucoup. Il me viendrait pas l'idée extravagante d'aller aux toilettes sans avoir au moins un livre et plusieurs journaux. J'ai même demandé à mes parents de mettre des rayons pour mes livres dans les toilettes pour que je puisse étudier sérieusement mais ils ont dit non. Alors ce que je fais, je laisse les livres en tas des deux côtés de la toilette et ils s'accumulent et les deux tas grandissent, grandissent. Mais c'est assez curieux parce que souvent dans le dessous de la pile, je retrouve des bouquins ou des journaux que j'avais pas lus depuis si longtemps que j'ai oublié de quoi ils parlaient. Et ce qui me surprend toujours c'est que je ne retiens rien, mais absolument rien de ce que j'ai lu aux toilettes. On pourrait croire que, comme c'est un endroit où il n'y a rien d'autre à faire que lire, je serais très concentrée, mais c'est le contraire. J'ouvre un bouquin et je me mets à le lire et je ne retiens rien. C'est sans doute que je pense à autre chose. Nathalie m'a raconté que elle, quand elle est aux toilettes, elle fait la même chose que quand elle est dans son lit, c'est-à-dire qu'elle se touche le zizi pour se faire du bien et elle dit qu'elle y arrive. Moi j'ai essayé, et je suis arrivée à rien d'autre qu'à me faire mal et à m'énerver et il s'est rien passé, je suis toujours la même. À mon avis je suis bien trop jeune pour ce genre de truc et Nathalie aussi à mon avis, mais comme on est au courant de tout, nous, à notre âge, puisque tout ça, ils le racontent tout le temps dans les journaux, les magazines et les trucs dégueu, alors il faut bien qu'on essaie, hein ! Mais j'ai pas réessayé. Ça m'énerve. Ça m'a piquée pendant quelques jours.

J'étais en train de penser à tout ça quand j'ai enfin entendu le pas de mon père, je le reconnais parce qu'il est plus rapide que les pieds de ma mère qui elle, les traîne toujours, alors que lui il marche toujours pressé, c'est à se demander ce qu'ils ont en commun.

J'ai entendu papa s'arrêter devant la porte. Il a dit :

« C'est toi Stéphanie ? »

En temps normal j'aurais même pas répondu parce que comme question idiote on peut pas aller plus loin, bien sûr que c'était moi, qui d'autre ça pouvait être, Elvis Presley ? Mais comme j'avais fait ma fugue et que j'avais bien senti qu'il fallait que je m'écrase, j'ai répondu :

« Oui, c'est moi. »

Dialogue percutant, on peut le dire. Vachement original.

Il m'a dit :

« T'as déjeuné ? »

J'ai dit :

« Oui. »

Il m'a dit :

« Et maintenant, qu'est-ce que tu fais ? »

J'ai dit :

« Rien. »

Il m'a dit :

« Bon, ben tu sais où me trouver, hein ? »

Fin du Dialogue le plus Fantastique de l'Année.

Je l'ai entendu partir vers la cuisine. Je n'ai pas bougé. Je me suis demandé ce qu'il voulait, parce que d'habitude il fait des commentaires sur le temps que je passe et les records du monde que je bats : record de consommation d'eau (je tire la chasse très régulièrement, simplement pour rassurer tout le monde et montrer qu'il y a une activité normale dans ces toilettes et même dans le reste de l'appartement), record de consommation de P. Q., durée du séjour, etc. Il est même parfois plutôt drôle mon père quand il fait ses réflexions, mais là c'était pas du tout le même style que d'habitude. Il avait une voix assez gênée. Comme j'entendais toujours pas ma mère passer dans le couloir, je me suis décidée à aller voir ce que me voulait mon père. J'aurais mieux fait de pas bouger.

13

Ce qui m'avait fait un peu peur c'est qu'il m'avait appelée Stéphanie. D'habitude, mon père m'appelle toujours autrement : Steevie, Stef, Stefa, Nini, Fanny, Fanette, la Stefe, Stefou, il trouve toujours une façon de pas dire mon nom en vrai, ce qui me fait croire qu'il l'aime pas plus que moi, mon nom. Mais là il l'avait dit tout droit en entier sans rigoler et ça m'a fait un peu peur. Quand les parents vous parlent sans changer votre nom il faut se méfier, ils sont sérieux, et quand ils sont sérieux c'est jamais du bonheur au bout.

Quand je suis entrée dans la cuisine pourtant, c'est papa qui a eu très peur. Il a même failli renverser sa tasse de thé sur la table en me voyant.

Il m'a dit :

« Qu'est-ce que c'est que ce carnaval ? »

J'ai dit :

« Quel carnaval ? »

Il m'a dit :

« Non mais, tu t'es regardée ? Regarde-toi un peu Stefa. T'as l'air d'un clown. Tu ferais peur à Frankenstein lui-même. »

J'ai dit :

« Ah ! bon d'accord, sympa. Merci beaucoup. »

Il m'a dit :

« Non mais vraiment, à quoi t'essaies donc de ressembler ? »

Je me suis rendu compte alors que ce qui lui faisait peur, moi j'y étais habituée depuis longtemps, c'était que j'avais gardé mon masque bleu anti-acné sur la figure et mon bonnet de ski de laine rouge et tout le reste, et ça m'a fait rigoler mais mon père n'était pas d'accord. J'ai eu l'impression qu'il était bien content que je sois déguisée comme ça parce que au moins, il pouvait m'engueuler et il avait trouvé un bon prétexte pour pas me parler sérieusement. Il faut bien dire que moi aussi ça m'arrangeait, parce que je ne sais pas pourquoi, j'avais peur de ce qu'il avait à me dire. Alors on a fait tous les deux comme si c'était important d'être habillé en bleu ou en rouge et de porter des après-ski de cosmonaute un dimanche matin, ça nous permettait de pas parler de ce qui compte sérieusement dans la vie. Mais ça pouvait pas durer cent sept ans. Alors il m'a redit :

« Stéphanie, faut que je te parle. »

J'ai dit :

« De quoi, papa ? »

Il m'a dit :

« Euh… ben, de toi. »

Il a continué :

« Ta mère et moi, on est très inquiets à ton sujet. Il faut repartir sur des bases plus saines. On en a longuement parlé hier. »

À mon avis, ils avaient dû certainement reparler de ma fugue avec maman le soir et aussi avec des amis parce que j'ai déjà remarqué que dès qu'ils ont un problème à mon sujet, ils téléphonent toujours à des tas de gens pour leur demander leur avis et ce qu'ils doivent faire. On dirait qu'ils sont pas capables de décider tout seuls. Mon père a dit :

« Où t'as couché cette nuit ? »

J'ai dit :

« Chez un copain, tu connais pas. »

Il m'a dit :

« C'est pas parce que je connais pas que tu peux pas me donner son nom. Il a des parents, ce copain ? Ils étaient là, ses parents ? »

J'ai dit :

« Mais oui ils étaient là, t'inquiète pas papa, c'était juste à côté d'ici, j'ai seulement couché chez eux, c'est rien. »

Alors il m'a dit :

« Bon eh bien va te nettoyer et t'habiller normalement parce que j'ai à te parler sérieusement. Va dans ta chambre, tu reviendras quand tu auras l'air normale. Je parle pas à des carnavaleuses moi. »

J'ai dit :

« C'est quoi, avoir l'air normal, papa ? »

Il m'a dit :

« Fais pas ta mariole et va te changer et reviens tout de suite. »

Je suis repartie dans ma chambre et comme je suis aussi intelligente que lui (même plus, parfois, à mon avis), j'ai compris qu'il me demandait de partir parce qu'il osait pas me parler d'autre chose et qu'il cherchait à gagner du temps. Alors pour une fois j'ai été très rapide, je me suis démaquillée très vite, j'ai enlevé le bonnet, le peignoir et les boots, je me suis habillée comme tous les jours et je suis revenue très vite exprès pour pas qu'il reparte ou qu'il change d'idée. Il a eu l'air surpris de me revoir aussitôt. Il a dit :

« Tu as été vite. »

J'ai dit :

« Oui. »

Il a rien dit. Mon père a des gros sourcils tout noirs au-dessus de ses yeux bleus et il passe son temps à les tirer avec ses doigts et enlever les poils les uns après les autres et il les laisse tomber devant lui sur le blanc de la toile cirée de la table de la cuisine et on dirait qu'il veut les compter. C'est absolument affreux comme impression.

Je lui ai dit :

« S'il te plaît papa, fais pas ça. »

Il m'a dit :

« Fais pas quoi ?

— S'il te plaît, te tire pas sur les sourcils, après t'en auras plus et on croira que t'as une maladie de peau énormément dramatique et tu seras comme les albinos. »

Il a souri et il a voulu m'embrasser mais comme on a perdu l'habitude de s'embrasser dans ma famille, il m'a tirée trop fort par les épaules vers lui et j'ai fait un faux mouvement sur ma chaise, alors je me suis retirée et il a eu l'air gêné. Moi j'ai commencé à me dire que j'étais aussi gênée que lui et que c'était pas un petit déjeuner très normal ce qui se passait, puisqu'on disait rien de sérieux mais qu'il voulait visiblement me dire des choses. Mais moi, j'avais rien à lui dire. C'était à lui de parler. Mais il se taisait et il continuait à tirer sur ses sourcils, alors j'en ai eu marre et j'ai dit :

« Papa, qu'est-ce que tu voulais me dire exactement ? »

Ça l'a vraiment scié. Il m'a regardée et il m'a dit :

« Moi ? Rien de spécial, pourquoi ? »

J'ai dit :

« Tu m'as dit que tu voulais me parler sérieusement. »

Il a dit :

« Oui. Voilà : pourquoi tu as couché dehors cette nuit ? »

J'ai dit :

« Parce que vous étiez pas là. »

Il a dit :

« C'est pas une raison, tu vas quand même pas faire des fugues à chaque fois que ta mère et moi on rentre un peu tard, non ? »

J'ai dit :

« C'était pas une fugue. Une fugue c'est quand on prend son sac et qu'on met des Avis de Recherche partout dans les journaux et dans les cafés et dans les couloirs du métro. D'ailleurs vous le saviez bien que c'était pas une fugue parce que vous avez même pas téléphoné à la police. Même pas ! »

Il m'a dit :

« Elle est bien bonne celle-là ! T'aurais voulu qu'on le fasse peut-être ? »

J'ai dit :

« Ben au moins, ça aurait prouvé que vous teniez un peu à moi. »

Il m'a dit :

« Mais on tient à toi ma petite chérie beaucoup qu'est-ce que tu crois, mais c'était ta mère qu'était tellement inquiète, il a fallu d'abord que je m'occupe d'elle. Elle était très mal ta mère, pas bien du tout, crois-moi. »

Ça, ça m'a rendue folle. Il fallait d'abord qu'il s'occupe d'elle ! Moi j'aurais pu être dehors au Forum des Halles en train de me faire violer par des punks et lui, il fallait qu'il calme ma mère. J'ai trouvé ça trop injuste. Je lui ai dit :

« Et si j'étais pas revenue hein qu'est-ce que t'aurais fait ? T'aurais continué à t'occuper de maman ? Si j'étais vraiment partie loin ? »

Il m'a regardée et il m'a dit :

« Steevie ma petite chérie, pourquoi tu détestes autant ta mère ? »

Comme je ne savais pas quoi répondre je me suis mise à pleurer. Il m'a prise dans ses bras et là on était plus du tout maladroits comme quand il avait voulu m'embrasser et ça m'a fait du bien de pleurer contre lui, il me caressait la tête et les cheveux et il me disait que j'étais sa petite fille chérie et j'allais de mieux en mieux ce qui veut dire que je pleurais de plus en plus, mais pas fort, pas en hurlant comme je fais des fois, mais doucement pour bien me vider, après on se sent mieux comme quand on a éternué plusieurs fois, ça nettoie. On est restés longtemps comme ça et je me suis rassise à ma place et il m'a dit :

« Tu ne m'as quand même pas répondu, Stef. »

Je lui ai dit :

« Papa, pourquoi vous êtes jamais avec moi le soir ? Et pourquoi vous êtes jamais ensemble ? »

Il m'a dit :

« Eh c'est moi qui pose les questions ma grande – pas toi. »

Je lui ai dit :

« Je vois pas pourquoi j'en poserais pas aussi. Qu'est-ce que vous faites dehors tous les deux tous les soirs et, en plus, séparément ? »

Il a pas eu l'air content du tout que je lui pose des questions comme celles-là et il m'a dit :

« Dis donc Stef, on a pas de comptes à te rendre quand même hein ? »

Alors j'ai dit :

« Bon dans ce cas-là moi non plus alors. »

Il m'a dit :

« Tu veux une claque ? »

Je lui ai dit :

« Tu peux toujours essayer. J'ai l'habitude. »

Il m'a dit :

« Eh Stef, c'est ton père à qui tu parles. Doucement. »

Là il m'a bien eue, parce que d'habitude quand on fait monter la conversation comme ça, j'ai remarqué ce qui est bien c'est que chacun s'envoie des vannes et personne a envie que ça s'arrange. Avec mes copines c'est souvent comme ça. On reste chacune de son côté et on se cause plus jusqu'au lendemain, comme ça personne veut admettre qui a eu tort et qui a eu raison, tout le monde a gagné, ça veut dire que tout le monde a perdu. Mais là papa il m'a eue, parce qu'il a pris une voix très gentille et très douce et il a même complètement changé de sujet et il m'a dit :

« C'est joli ta coiffure comme ça sans ton bonnet, t'as l'air très mignonne tu sais. Tu laisses pousser tes cheveux en ce moment ? »

C'était peut-être dit pour me faire plaisir et je ne dis pas que ça m'a pas fait plaisir, puisque personne à la maison ne me dit jamais si je suis jolie ou si je suis bien habillée, personne me dit que je suis belle. Mais quand même j'ai trouvé que mon père exagérait. Je lui ai dit :

« Papa, t'exagères. »

Il m'a dit :

« Pourquoi ? »

Je lui ai dit :

« Parce que tu détournes tout le temps la conversation et tu m'avais dit que tu voulais me parler sérieusement. »

Il m'a dit :

« Oui, tu as raison, ben tu sais voilà, c'est difficile, ta mère et moi en ce moment. »

J'ai senti qu'il voulait m'en dire plus mais qu'il pouvait pas ou qu'il voulait pas ce qui revient toujours au même. Et moi je ne sais pas pourquoi ça m'est venu comme ça sans réfléchir, je lui ai dit :

« Papa, jure-moi que vous divorcerez pas. »

Il a eu l'air vachement surpris. Il a baissé la voix et il a regardé autour de lui comme si on nous espionnait. Il m'a dit :

« Pourquoi tu dis ça ? Pourquoi tu dis ça ? Qui t'a parlé de ça ? »

Je lui ai dit :

« Jure-moi papa. »

Il m'a dit :

« Mais Stéphanie, c'est hors de question. Qu'est-ce que tu crois ? »

Il avait l'air de s'excuser et j'ai même cru qu'il y avait des petits bouts de larmes dans ses yeux.

Je lui ai dit :

« Pourquoi tu jures pas alors papa ? »

Il m'a dit :

« Si ça peut te faire plaisir, je te le jure. »

Je devais peut-être avoir l'air soulagé mais il m'a dit :

« Bon, mais une supposition que ça arrive un jour quand même, une supposition que, je ne sais pas moi, ça devienne tellement difficile entre ta mère et moi que quand même on se sépare, j'ai pas dit qu'on divorce, j'ai dit qu'on se sépare. Tu crois pas que ça serait mieux pour toi comme ça, t'aurais deux maisons au lieu d'une ? »

Je lui ai dit :

« Dis pas ça papa, s'il te plaît, ça me fait mal. »

Ça me faisait mal au ventre qu'il m'ait dit ça, mais pas mal comme quand j'ai trop mangé de cornichons au chocolat ou comme quand je crois que je vais avoir mes règles mais je les ai pas. Ça me faisait mal d'une autre manière. Garfunkel est arrivé, il devait avoir assez dormi sur le radiateur de ma chambre et il est venu sur mes genoux. Je l'ai caressé. Mon père m'a regardée caresser le chat et il a recommencé à parler mais avec une voix normale :

« De toute façon, c'est pas le problème. Mais… »

Il s'est arrêté. Moi je ne savais pas s'il fallait que je lui dise quelque chose comme :

« Ça veut dire quoi "mais" ? »

J'hésitais. J'étais absolument mortellement crevée. Ça m'avait détruite infernalement cette conversation. Alors on a entendu les pas de maman qui traînaient dans ses babouches et elle toussait comme si elle avait fumé huit cent douze cigarettes entre le moment où elle s'était réveillée et maintenant, c'est-à-dire cinq minutes, alors mon père a pris un air très affairé et il s'est levé et il m'a dit très fort pour être bien sûr que ma mère l'entende :

« Bon ben recommence plus jamais ça, c'est tout ce que j'avais à te dire. »

Et il s'est levé et il est parti de la cuisine juste au moment où ma mère est arrivée dans son déshabillé mauve-merde et moi j'avais pas la force de l'écouter tousser et se plaindre. Alors je suis retournée dans ma chambre parce que ma mère de toute façon quand elle se lève comme ça, les week-ends, elle est tellement de mauvaise humeur qu'il vaut mieux la laisser seule pendant une bonne heure et au moins jusqu'à sa quatrième tasse de café. Elle prend son café dans des grands bols c'est pas du café vraiment on dirait plutôt qu'elle boit de la soupe noire.

Mais quand je me suis retrouvée dans ma chambre avec Garfunkel qui m'avait suivie, j'ai repensé à toute cette conversation avec mon père et c'est pour ça que je l'ai écrite très vite tout de suite dans mon cahier, pour bien me rappeler, parce que je me rendais compte que papa m'avait certainement dit des choses importantes mais je ne savais pas très bien lesquelles. Le soir, avant de préparer mes livres et mon sac pour retourner en classe le lendemain matin lundi, j'ai relu toute cette conversation et je me suis dit que mon père m'avait menti et qu'il avait dans l'idée de divorcer et de me laisser seule avec ma mère. Je crois que c'est ça qu'il avait voulu me dire, et je crois qu'il m'a menti en jurant, mais c'est pas nouveau ça, les parents disent jamais la vérité. Même quand ils jurent, ils prennent pas leur serment au sérieux. On peut jamais les croire. D'ailleurs ils vous regardent exprès tout droit dans les yeux pour bien vous faire croire qu'ils sont sincères, mais avec moi ça marche pas. Quand les parents vous regardent trop bien dans les yeux c'est qu'ils sont en train de mentir encore plus que d'habitude.

J'ai très mal dormi. J'ai rêvé que je tombais dans des trous.

14

Le lendemain matin, je suis retournée à la Ferme il fallait bien c'est comme les parents, eux ils vont au bureau ils vont au travail nous on va au lycée. Ils vous disent des choses comme :

« Oh ! je suis crevé, qu'est-ce que j'ai eu comme travail au bureau. »

Mais si moi je leur disais :

« Je suis crevée, j'ai eu huit heures de cours de suite. »

Ils me regarderaient – surtout ma mère – comme si j'avais dit un gros mot, parce qu'ils peuvent pas comprendre que le travail avec les profs, les cours, tout ce qu'il faut apprendre tout ce qu'il faut écrire, classer, et puis les salades avec les copines et toutes les histoires qu'il y a entre nous à la récré, à la sortie du lycée, et tout le temps que ça nous prend et comme ça nous fatigue et comme ça nous énerve, ils ne peuvent pas comprendre qu'on peut être morte, totalement morte quand on revient du lycée, je veux dire de la Ferme. Parce qu'on m'ôtera pas de l'idée qu'on nous y traite comme des animaux – mais pas comme des animaux comme moi je les traite, comme mon chat par exemple, non comme du bétail voilà le mot, du bétail. Au lycée, on y passe plus de temps que dans notre chambre ou notre lit, dans ces foutues classes. J'y passe plus de temps qu'avec mon chat ou avec les gens que j'aime – si j'aimais des gens. Ça m'occupe la tête et les mains et même tout mon corps, et moi je voudrais m'échapper de ça et c'est pour ça que je vais aussi souvent à l'infirmerie ou que je demande toujours à sortir en disant que j'ai mal au ventre. Mais on peut faire tous les plans possibles, le plan maladie, le plan pipi, le plan « oublié le sac dans la classe d'avant », le plan « madame je suis pas bien », on est quand même dans l'ensemble complètement prisonnier de ça et il n'y a jamais de surprise. Une vie sans surprises, c'est pas une vie.

Heureusement, il y a la prof de musique, c'est une femme formidable, d'ailleurs tout le monde la trouve bien. Elle est pas vieille comme les autres, elle est drôlement belle, elle a des cheveux noirs très longs sur les épaules et elle s'habille pas comme une vieille dame mais elle s'habille pas non plus pour avoir l'air jeune et à la mode. Elle s'appelle Nicole, je peux pas dire que c'est un nom qui me percute beaucoup mais dans son cas le nom n'a pas d'importance. Elle a été prof pendant trois ans à la Réunion et maintenant elle est revenue à Paris mais elle dit souvent qu'elle veut repartir pour les Iles, à la Réunion ou ailleurs et que vivre à Paris ne l'amuse pas. Elle nous parle de ces choses-là pendant les cours, entre deux exercices de solfège ou bien quand on apprend à jouer de la flûte, elle s'arrête et on bavarde, c'est drôlement sympa, je connais pas beaucoup de profs qui font ça, elle donne l'impression qu'elle a envie de vraiment savoir ce qu'on pense, nous. Elle nous écoute, elle. Elle fait pas seulement qu'essayer de nous apprendre quelque chose. Elle nous dit des trucs :

« Ça vous plaît, vous, la vie dans une grande ville ? »

Tout le monde répond que non. Tout le monde voudrait vivre ailleurs. À la campagne ou à l'étranger ou partir avec Nicole dans les Iles. Moi je leur raconte que je veux être fermière en Amérique aux États-Unis et je fais donc aussi partie de ceux qui disent qu'ils n'aiment pas du tout ça, la vie à Paris. Nicole, elle dit souvent :

« C'est le gris qui tue. »

Ça, ça me scie, comme phrase. Le gris qui tue. C'est une poétesse cette femme. Elle parle presque comme l'Autre, le frère de Pablo. Elle a des mots et des phrases je ne sais pas moi, tout ce qu'elle dit m'intéresse. Les autres profs, souvent, je m'endors, les yeux ouverts bien sûr. On pourrait croire que je suis là mais en fait, je suis dans le ciel de l'autre côté de la fenêtre avec des oiseaux qui viennent de passer et que j'ai réussi à accompagner, ou alors je dors réellement. C'est parce que les mots et les phrases qu'ils prononcent, ça m'endort, je me sens toute lourde, comme si j'avais bu de la bière américaine qu'a rapportée mon père de son dernier voyage, j'ai les yeux qui sont lourds je me sens toute en coton dans les bouts des mains et les bouts des jambes.

Pourtant je ne dors pas, on peut même croire que j'écoute vraiment ce que dit la prof.

Sur les bulletins tout de même, ça a dû se voir, parce que souvent ils écrivent des trucs comme : « absente, ne se concentre pas, ne semble pas s'intéresser aux cours, distraite ». Et j'ai vérifié avec les autres, Nathalie, Sophie, Valérie et Julie, elles ont presque toutes eu droit aux mêmes observations. Peut-être qu'on est toutes atteintes de la même maladie. C'est ce qu'on essaie de nous faire croire en tout cas parce que l'autre jour, la censeur nous a convoquées toutes les cinq pour nous faire un sermon, qu'on était la plus mauvaise génération de filles dans les classes du lycée, qu'elle avait jamais vu ça en trente ans de lycée.

Elle a dit :

« Vous êtes toutes endormies, paresseuses, rien ne vous intéresse, vos parents me prétendent que c'est parce que vous êtes en train de grandir, que vous vivez un âge difficile, la puberté, l'adolescence, etc., mais enfin, mesdemoiselles, nous avons toutes été des adolescentes. Et pourtant nous étions *attentives* ! »

Comme elle était très contente de ce qu'elle venait de dire, la censco, elle a répété :

« Et pourtant nous étions *attentives* ! »

Les grandes personnes se ressemblent beaucoup entre elles. Mon père aussi et ma mère n'en parlons pas, c'est pire – quand ils ont trouvé une phrase ou un mot qui leur fait plaisir, ils le répètent plusieurs fois, comme si on n'avait pas compris la première fois. Tous les vieux font ça. À croire qu'ils se prennent les uns et les autres pour des imbéciles tarés puisqu'ils répètent trois fois des trucs que tout être humain normalement constitué comprend du premier coup. Moi, je les entends souvent, et je compte leurs répétitions, et je peux même les prévoir à l'avance, ça me givre.

Par exemple :

« Oui, euh, j'ai très bien déjeuné. »

Et pof, ça y est, ils répètent :

« Très bien déjeuné. »

Ou alors il y a les amies de ma mère :

« Tu peux pas savoir c'était horrible. J'ai failli partir. »

À tous les coups ça rate pas :

« Horrible. J'ai failli partir. »

Alors quand ils nous parlent à nous, comme ils nous prennent pour encore plus débiles fêlés qu'ils se prennent entre eux, c'est un miracle qu'ils répètent pas trois ou quatre fois la même chose.

La censco, je la regardais et je me disais dans ma tête, elle va le dire encore (« et pourtant nous étions *attentives* ! ») – je me disais elle va certainement le dire mais comme j'ai pas les pouvoirs extra-dimensionnels de l'Autre, j'ai eu beau essayer de lui envoyer des rayons, elle les a pas reçus, alors elle l'a pas redit. On a quitté son bureau. (Des fois comme ça dans ma tête, j'essaie d'envoyer des rayons aux gens pour qu'ils fassent ou qu'ils disent ce que j'attends qu'ils fassent ou qu'ils disent. Des fois ça marche. J'ai pas le Pouvoir Intégral Cosmique comme l'Autre, mais j'ai un ou deux rayons quand même dans ma tête. Les rayons, il faut pas trop s'en servir, sinon on les perd et on devient comme tout le monde.)

Nicole, la prof de musique, elle ne répète jamais ses phrases. Elle a toujours une surprise au bout de ses lèvres. C'est pour ça qu'on l'aime toutes. Elle doit être encore vivante, ça doit être ça la vérité. Les autres, pas seulement les profs, les grandes personnes en général je pense sincèrement absolument qu'ils sont tous déjà morts et qu'ils ne le savent pas et c'est évidemment une des choses qui me fait très peur, c'est quand je vais grandir et devenir une femme, est-ce que je vais perdre la vie ? Est-ce que je serai un cadavre ambulant ?

Ou alors : qu'est-ce qu'il faut faire pour rester vivant quand on a grandi ?

Des questions comme ça, je ne trouve jamais personne qui peut y répondre, même pas l'Autre. C'est pas que ça m'angoisse vraiment, je vais pas faire comme Julie et aller voir une psychologue. Mais j'aimerais bien un jour, rencontrer quelqu'un qui répond à des questions comme ça. Et si quand je grandis, je trouve les réponses, peut-être que c'est ça que je ferai comme métier : je répondrai aux gens qui ont entre treize et quatorze ans et qui sont certainement plus des gosses mais certainement pas encore des vieux. Peut-être que je ferai ça avant d'être fermière en Amérique aux États-Unis. Pendant un an je répondrai aux questions des filles de mon âge. Je leur rendrai ce grand service parce qu'on ne me l'a pas rendu à moi. Ça sera ma bonne action pour toute une existence. Après, j'irai élever mes vaches avec mon Associée. En Pennsylvanie, ou dans l'Arkansas, j'ai pas encore choisi l'endroit exact, mais de toute façon on me reverra pas de sitôt.

15

Nicole, la prof de musique, elle nous a accueillies avec un grand sourire comme si elle voulait nous faire un cadeau :

« Aujourd'hui je ne vous fais pas de cours, vous ne défaites pas vos cartables ou vos sacs, je vous emmène voir la répétition d'un grand orchestre. »

On a tous crié :

« Ouais ! Chouette ! Ouaaaaaouah ! »

Et on est partis avec elle dans le huitième arrondissement au Théâtre des Champs-Élysées. C'était un truc qui avait été organisé longtemps à l'avance et on nous avait fait signer une autorisation à nos parents mais on avait oublié, il se passait plus rien, sans doute que Nicole attendait qu'un orchestre vraiment bien passe à Paris, enfin bref on s'y attendait vraiment pas et on a toutes été folles de joie. On a pris le bus et on s'est retrouvées dans la salle de théâtre, qui n'était pas vraiment vide, y avait des gens dans des rangs sur des fauteuils, mais on voyait bien qu'ils étaient habillés décontractés comme les musiciens d'ailleurs, tout le monde savait que c'était une répétition, mais c'était très sérieux quand même. Moi, c'était mon premier concert.

L'orchestre, il était dirigé par un nommé Mutti, un Italien super-beau, pas à la mode, pas chanteur de rock ou acteur de cinéma ou joueur de tennis, un type avec une tête comme au théâtre, lisse et tout, classique, j'imagine qu'on peut dire. Il était très costaud, on ne le voyait la plupart du temps que de dos, il était en chandail, mais on pouvait souvent voir quand il remuait ou quand il se penchait vers les musiciens ou vers son papier, on pouvait voir qu'il avait des muscles dans le dos et dans les épaules aussi impressionnants qu'un homme vrai, comme un bûcheron ou presque. J'étais assise juste à côté de Nicole et avec Julie à ma droite et Julie arrêtait pas de me dire :

« Qu'est-ce qu'il est beau ! T'as vu comme il est beau ! »

Nicole lui a fait signe de se taire mais elle avait raison Julie, ce type était vraiment beau. Nicole nous avait raconté dans le bus, et puis avant qu'on rentre dans la salle, dans le hall, elle nous avait expliqué comment ça se passe une répétition, on reprend des trucs, des bouts, on revient en arrière, on fait jouer certains instruments et pas d'autres, mais il y a au moins une fois à la fin où l'orchestre « file » tout un long morceau d'un seul coup, comme dit Nicole. Elle nous avait demandé de prendre des notes et c'est pour ça que je me souviens bien de tout Julie et moi on a trop bavardé pendant la première partie de la répétition, alors Nicole nous a séparées et elle m'a dit :

« Ne me déçois pas, Stéphanie. »

Ça m'a un peu vexée. Mais peut-être que ça m'a fait du bien. Elle a mis Julie à un autre rang et moi je suis restée avec elle : elle m'a prise par la main et elle m'a déplacée et elle m'a fait asseoir beaucoup plus près de l'orchestre, presque au premier rang. Après, elle m'a dit :

« Maintenant, il faut que tu te plonges dans la musique. »

Le chef d'orchestre avait tout fait taire et j'ai bien compris qu'il allait répéter un morceau en entier. Je le voyais par en dessous, j'étais obligée de lever un peu la tête mais c'était bien, parce que après ce que m'avait dit Nicole, j'ai appliqué à la musique la même méthode que j'applique au ciel et aux oiseaux et je me suis concentrée de toutes mes forces pour plonger, comme avait dit Nicole. D'habitude, c'est difficile de plonger dans les choses, parce qu'il n'y a rien qui vous y pousse, sauf votre propre volonté. Quand j'essaie d'aller dans le ciel pour être ailleurs, il n'y a rien qui me met en route à part mon envie, mais là ça a été formidable parce que c'est la musique qui m'a prise et qui est venue me chercher. Dès que le chef a commencé à diriger et que l'orchestre s'est mis à jouer, j'ai senti que ça y était, je plongeais, c'était fantastique.

C'était la première fois de ma vie que quelque chose comme ça m'arrivait, parce que les vols dans le ciel avec les oiseaux, c'est beaucoup plus court c'est vraiment dans ma Liste Des Bons Mais Des Courts Moments Agréables, tandis que la répétition de l'orchestre, il faudrait que je fasse une nouvelle liste pour mettre ce moment-là-dedans, ça a été très long et plus formidable que beaucoup de choses que j'avais essayé de faire toute seule dans ma tête. C'étaient les deux premiers mouvements de la *Symphonie pastorale* de Beethoven.

Évidemment après, j'ai acheté le disque et je me le rejoue des fois à la maison, mais c'est drôle ça n'a rien à voir avec ce que j'ai senti au théâtre. Ils vous vendent des trucs Haute-Fidélité machin reproduction intégrale ils vous refilent des casques, tout ça, il paraît qu'on est encore mieux que dans une salle de concert, c'est encore un Mensonge International, ça ! Moi maintenant que je connais je peux dire que rien, rien du tout au monde, ne remplace d'être au premier rang sous le chef d'orchestre et de prendre toute la musique dans la figure et de plonger dedans comme dans de l'eau. Je suis même sûre que si on prend l'habitude, ça vous dégoûte d'acheter le disque ou la cassette, parce que quand on a connu un truc aussi Sidéral et Absolu, qui a envie de le retrouver mais en moins bien, en format réduit ?

Si j'ai ouvert ce cahier et si j'y raconte ce qui se passe dans ma vie c'est pour des tas de raisons, certaines d'entre elles que j'ai déjà expliquées, mais c'est aussi, j'en suis sûre, pour m'améliorer. C'est l'Autre qui m'a appris ça : il faut *s'améliorer* !

En me relisant, je finirai bien par comprendre ce qui ne va pas et pourquoi je suis aussi mal dans ma peau et j'arriverai peut-être à me transformer. L'ennui, c'est que je n'ai pas assez de mots, je suis vraiment trop pauvre. Je suis nulle, je suis une ignorante ignare. On m'a rien appris. Ils ont rien fait pour m'aider mes parents, ils m'ont rien fait aimer, la musique les arts, tout ça, je n'y connais rien. Par exemple pour la musique, je voudrais vraiment inventer des mots pour bien raconter ce que ça m'a fait. Il doit y avoir des tas d'adjectifs et de verbes et d'adverbes et des images pour décrire ça, mais j'ai rien, rien que le cœur qui tremble quand j'en reparle et que j'y repense et que j'écris dessus. Mais ça ne suffit certainement pas pour raconter tout ce qui passait dans ma tête, quand les bras de Mutti s'agitaient au-dessus de moi et des musiciens. Des fois, je ne regardais que son corps qui bougeait et ses mains qui dansaient dans tous les sens pour dessiner dans l'air les notes que les musiciens n'avaient plus qu'à recopier avec leurs instruments, surtout les violons. D'autres fois, je fermais les yeux mais c'était bizarre, c'était comme s'il continuait de battre la mesure et de diriger à l'intérieur de ma tête, j'avais toujours le même mouvement de ses bras et de sa baguette de l'autre côté de mes yeux fermés.

Nicole, elle nous avait expliqué la symphonie et le mot « pastorale » et elle nous avait raconté ce que ça voulait dire par rapport aux autres symphonies qu'il a écrites, Beethoven. Mais comme elle est géniale et qu'elle essaie jamais de nous imposer des choses et qu'elle essaie pas de penser à notre place, elle nous avait dit :

« Ne vous préoccupez pas de tout ça, ce que la musique évoque n'a rien à voir avec le sens qu'un professeur ou un critique ou un parent peuvent lui donner. »

J'avais pas très bien compris ce qu'elle voulait dire, mais quand Mutti a joué avec son orchestre et surtout quand ils ont joué le 2e mouvement juste après s'être arrêtés un tout petit moment (le temps de respirer, j'imagine) j'ai vu ce que Nicole voulait dire.

« Pastorale », normalement on devrait penser à des champs et des prés et des vignes et des moutons et des rivières, surtout moi qui suis tellement obsédée par mon projet d'être fermière en Amérique aux États-Unis. Mais je n'ai jamais pensé à du pastoral en écoutant l'orchestre. En fait, j'ai rien imaginé, ni animaux ni paysage, ni rien qui ressemble à quelque chose qui existe et que je connaîtrais déjà. Ce qui m'est arrivé c'est que j'ai voyagé avec la musique et quand il y avait des passages très rapides et qui montent et qui descendent et Mutti à ce moment-là il a tout le corps qui bouge comme la voile d'un bateau, je me sentais aussi très rapide et je montais et je descendais. Quand ça se calmait et que ça ralentissait et que les cuivres, les trompettes, les hautbois (c'est Nicole qui nous avait fait noter tous les noms de tous les instruments) s'étalaient et s'allongeaient, je me sentais reposée moi aussi et simplement comme un ballon qui dégonfle doucement. Quand ça reprenait à grande vitesse avec des petits coups secs et répétés ou alors des grands mouvements et que Mutti donnait l'impression d'emporter tout ça avec ses deux grands bras comme s'il déménageait toute la scène avec lui, alors je me sentais mille fois plus grande et balèze et forte que je suis dans la vie et j'avais l'impression que j'aurais pu soulever toute la rangée de fauteuils avec un seul doigt d'une seule main. J'étais dans un état d'excitation pas possible.

À un autre moment, ça s'est vraiment déchaîné. Mutti, il a de très beaux cheveux noirs avec un grand front mais pas des cheveux longs et cradingues, c'est une coupe romantique super-bien. Alors quand il se déchaîne, il a les cheveux qui partent avec sa tête et avec ses bras dans tous les sens et là j'ai regardé seulement ses cheveux et c'était extraordinaire parce qu'il y avait toute la musique que Beethoven a écrite dans les mèches de ses cheveux, elle était venue là.

Il m'a tuée, Mutti.

À ce moment-là, je n'y ai pas réfléchi mais maintenant que j'écris ça, je sais que ce qui m'a vraiment jetée, c'est que ce type il doit avoir au moins trente ans, et tous les musiciens j'ai pas regardé tous les visages mais c'est tous des hommes et des femmes, c'est pas des jeunes comme moi, forcément. Eh bien, ils étaient vivants ! Ils étaient tellement vivants et ils avaient l'air d'aimer tellement ce qu'ils faisaient, surtout Mutti, ce type il était arrivé à faire, alors que c'est une grande personne, ce que moi j'arrive des fois pendant une seconde à faire quand tout va très bien et que je suis vraiment sidéralement concentrée, lui, il était arrivé à le faire sans s'arrêter et je me suis dit qu'il faisait ça à chaque fois qu'il dirigeait. En fait, chaque fois qu'il veut. La chance de ce type ! Alors j'ai pensé au moment où il se déchaînait, j'ai pensé qu'il devait être formidablement heureux, Mutti, et il n'y avait pas de raison que les musiciens, ils soient moins heureux que lui, sinon ils auraient pas suivi tout ce qu'il leur disait avec ses deux mains et avec ses cheveux et j'ai eu un coup de bonheur fantastique dans mon corps. Plonger avec eux dans ce même bonheur, ça m'a fait chaud dans les jambes et dans le ventre et dans la poitrine et dans mon cœur. Ça m'a donné envie de pleurer et je crois bien que je l'ai fait, mais cette fois c'était pas comme d'habitude quand j'ai le cœur dans la gorge, c'était autre chose et j'ai eu les larmes qui sont venues au bord de mes yeux, ça m'a vraiment remuée cette expérience, j'avais jamais connu ça. J'étais bien, j'aurais voulu que ça dure toute la vie, qu'elle s'arrête jamais la *Pastorale*.

Des types comme Mutti et comme Beethoven et comme Nicole, ils ont réussi à me faire connaître quelque chose que je n'oublierai jamais. C'est des génies ces gens-là. Ils m'ont fait comprendre que le bonheur existe. J'ai préféré pas trop en parler aux copines parce que c'est comme pour Dieu, si je leur raconte en détail ce que je pense de l'autre dimension (dans les gens de mon âge que je connais il n'y a que l'Autre qui comprend cette sorte de conversation) elles, elles me prendraient pour une allumée et elles ne me causeraient plus. Quand même, quand ça s'est fini qu'on s'est toutes retrouvées dans le hall, Julie m'a dit :

« Qu'est-ce que t'as ? »

J'ai pas pu m'empêcher de lui dire :

« C'était génial, c'était cher. J'ai pleuré. »

Elle a eu l'air de m'en vouloir. Elle m'a dit :

« Ouais bof, c'était pas mal, faut pas te mettre dans cet état-là ma vieille. »

Mais Nicole, elle m'a interrogée dans le bus, elle avait compris qu'il s'était passé un truc important pour moi. Je lui ai dit merci plusieurs fois, je pouvais rien lui dire d'autre tellement j'étais émue, mais je suis sûre qu'elle a tout compris.

Ça n'arrive pas très souvent de dire merci à quelqu'un (surtout à un prof) pour quelque chose qu'il vous a donné quand il s'agit d'une chose qu'on peut même pas toucher de ses deux mains.

Ce qui me tue encore maintenant quand je l'écris dans mon cahier, c'est que je ne sais pas du tout quels mots je peux trouver pour vraiment raconter tout ce que j'ai senti. Ce que je voudrais c'est pouvoir toujours avoir à ma disposition les mots pour décrire les choses. Les gens qui ont ce don-là, c'est comme Mutti et Beethoven à mon avis, ils peuvent se donner du bonheur quand ils veulent, à n'importe quel moment de la journée. C'est des privilégiés, voilà.

16

En même temps, ce qui est curieux c'est que j'ai eu envie de le raconter à personne pas même au frère de Pablo. Même avec Nicole, je n'ai pas voulu lui donner trop de détails. Quant à mes parents, n'en parlons pas, c'est du chinois pour eux, Beethoven. eux, ce qu'ils aiment c'est le rock, donc je vais pas aller les voir pour leur demander comment ça s'appelle quand on est très très heureux en écoutant de la belle musique.

La seule personne qui me semble complètement capable de comprendre absolument tout ça et avec qui on peut en parler sans risquer d'être déçue, c'est Garfunkel. Quand je repasse la cassette ou le disque maintenant, même si je ne trouve pas ça aussi bien que ce qui m'est arrivé au Théâtre des Champs-Élysées avec Mutti, je vois bien comment il fait, Garfunkel. Il s'assied dans la position du guetteur, les pattes bien au chaud sous son ventre et il se tourne vers l'appareil et il ferme les yeux et il ne bouge plus du tout. Ça se passe complètement dans sa tête, c'est comme pour moi. Il ne bouge plus jusqu'à la fin du morceau, il remue même pas ses oreilles, on dirait une potiche en porcelaine comme dans les magasins d'antiquités sauf qu'il sourit un peu sous sa moustache. C'est un musicomane, mon chat. Et c'est vraiment mon chat à moi parce que avant que Nicole me fasse découvrir ça, je ne lui avais jamais fait entendre de la musique classique, à Garfunkel. Donc il était pas cultivé. Mais c'est parce que j'ai aimé ça, la musique, que maintenant il l'aime. Tous les rayons que j'ai reçus, il les reçoit maintenant.

Mon chat, il est cher.

17

Une Liste De Ce Qui Est Vraiment Cher.

La *Symphonie pastorale* de Beethoven dirigée par Ricardo Mutti, c'est cher.

De la vanille sur une barre de chocolat avec un cornichon à l'intérieur, c'est cher.

Quand Garfunkel ronronne tellement fort qu'on croit qu'il raconte une histoire, c'est cher. D'ailleurs c'est sans doute vrai, à mon avis il raconte vraiment une histoire.

Parler de la vie et de l'espace intersidéral avec Pablo et avec l'Autre dans leur maison quand leurs parents sont pas encore rentrés, c'est cher.

Marcher dans la rigole quand il pleut, c'est cher.

Les imperméables comme Gary Cooper et les barrettes dans les cheveux comme Lauren Bacall, c'est cher.

En général, tous les gens qui ont plus de soixante-dix ans et tous ceux qui ont moins de quinze ans, c'est cher.

Le film italien sur Jésus de Nazareth, c'est cher.

La tête que font les enfants sur le manège au parc Monceau, c'est cher, ça c'est vraiment cher ! La tête qu'ils font ! C'est bien simple, ils sont pas là, ils ont les yeux perdus ailleurs je ne sais pas où et ils sourient même pas tellement ils sont concentrés dans le tour de manège qu'ils font :

Je les adore, ils me tuent, et quand je vois ça j'aimerais avoir une petite sœur ou un petit frère mais je sais bien que mes parents ils n'en feront pas. Déjà je me demande pourquoi ils m'ont faite. Je les envie aussi, les enfants sur le manège, un peu parce que j'ai de plus en plus de mal à me concentrer comme ils font pour pouvoir partir ailleurs tout en restant là où je suis, tandis que les enfants, eux, ils y arrivent sans aucun problème, il suffit de les voir, il suffit que le manège se mette à tourner et ils sont plus là du tout.

S'améliorer, c'est cher.

La liberté, c'est cher.

Il y a beaucoup d'autres choses qui sont formidables dans la vie et qui peuvent vous permettre d'oublier l'Enfer que c'est parfois les parents, le lycée, grandir, pas avoir ses règles, etc. – il y a beaucoup d'autres choses que j'aime mais l'intérêt de faire une Liste De Ce Qui Est Vraiment Cher pour moi, c'est de pas mettre n'importe quoi sous un titre pareil. Donc ma liste est faite et elle s'arrête là et je trouve que c'est plutôt pas mal comme liste et que j'ai pas tellement mauvais goût par rapport à toutes les conneries qu'on essaie de me faire aimer toute la journée avec la pub à la télé, les parents, les copines, les garçons, et toutes les saloperies qu'on vend et qu'on affiche dans les rues et dans les galeries surtout aux Champs El, aux Halles, et aux Quatre Temps à La Défense.

Ainsi se termine provisoirement la Liste De Ce Qui Est Vraiment Cher Dans Ma Vie.

18

Cet après-midi, au lieu de se raccompagner chacun chez soi on a traîné au café qui est juste au coin de la rue à la sortie de la Ferme. Moi j'étais encore très énervée par toute cette histoire de musique, l'émotion n'était pas encore partie de mon corps.

Les cafés, je ne peux pas dire que j'aime beaucoup ça mais des fois quand il fait pas très beau dehors et qu'on est toutes ensemble, on ne déteste pas prendre un Coca ou du chocolat et causer en évitant surtout de regarder les gens qui passent autour de nous. Ce qu'on fait, c'est qu'on va sur une banquette au fond de la salle mais de l'autre côté des flippers, là où il y a pas tous les garçons qui jouent au flipper et ça fait un bruit d'enfer, et là on est au calme et on discute.

Au café, Julie, elle nous a parlé du plaisir sexuel. Julie en ce moment ça l'intéresse beaucoup, elle lit tous les journaux que sa mère rapporte et elle dit qu'ils parlent plus que de ça dans les journaux. Elle dit qu'avant, les magazines pour les vieux, ça parlait de meubles et de cuisine et de cinéma et de politique mais on parlait pas de plaisir sexuel. Elle dit que maintenant, ils parlent plus que de ça. Elle dit qu'elle s'y connaît parce que sa mère, justement, elle travaille dans un journal comme ça, elle est journaliste. Moi je lui ai dit qu'il y avait pas besoin de lire les magazines qu'écrivait sa mère parce que tous les journaux pour les « jeunes », ceux où il y a tous les chanteurs débiles en couverture, ils parlent aussi de ça. Mais Julie elle dit :

« C'est beaucoup moins intéressant, crois-moi, parce que c'est moins bien écrit et il y a beaucoup moins de détails. »

Le truc qu'elle avait lu, c'était comment ça vous fait la première fois qu'on avait du plaisir sexuel, ce qui ne veut pas dire la première fois qu'on fait l'amour. Parce que ce qu'elle a découvert dans l'article, Julie, c'est qu'on peut très bien faire l'amour, les femmes, sans avoir de plaisir sexuel. Moi j'ai toujours cru que dès qu'on faisait l'amour, ça donnait du plaisir sexuel. Julie, elle dit que c'est le contraire, que la plupart des femmes elles jouissent pas. C'est très rare, de jouir. Elle a plus que ce mot-là à la bouche, Julie, sans doute parce qu'elle venait juste de le lire et de l'apprendre et elle venait rouler ses mécanoches en s'en servant tout le temps dans la conversation.

Elle a dit :

« Oh non, on peut pas jouir comme ça, c'est pas aussi simple que ça, de jouir. »

Nathalie a dit :

« Si t'es si maligne, dis-nous ce que ça fait exactement, alors, quand on jouit. »

Julie a dit :

« Comment veux-tu que je le sache, puisque ça m'est jamais arrivé. »

Moi j'ai dit :

« Mais comment tu crois que ça fait alors ? Dis quand même. »

Julie a dit :

« À mon avis, c'est comme quand on prend un bain trop chaud parce que dans l'article ils disent qu'on est toute chaude et qu'on a la tête qui tourne et qu'on sait plus où on est et tout et tout et tout. »

Nathalie, qui n'est pas aussi conne qu'elle en a des fois l'air, a dit :

« Ouais, bof, en fait t'en sais pas plus que nous, et c'est le genre de truc que personne peut vraiment raconter. »

Moi j'ai pensé que c'était comme la musique de Mutti dans ma tête à la répétition au Théâtre des Champs-Élysées mais j'ai rien dit. Julie a dit :

« Oui t'as raison, la seule façon de savoir c'est d'essayer, mais moi la première fois que je le ferai, c'est pas pour tout de suite. »

Nathalie et Sophie et Valérie, elles ont dit alors :

« Ben, moi non plus. »

Moi j'avais rien à ajouter, naturellement, puisqu'elles au moins elles ont leurs règles, donc elles peuvent faire l'amour et peut-être connaître le plaisir sexuel, moi j'ai un retard extraordinaire sur mes copines et ça me déprime tout le temps, je dois dire. Je suis une arriérée biologique, voilà ce que je suis précisément.

Je ne sais plus qui a demandé :

« Les gens, quand ils ont du plaisir sexuel, est-ce qu'ils crient ? Parce que dans un autre article, dans un autre bouquin, ils disaient que c'était tellement fort qu'on avait envie de crier et que très souvent on criait. »

Moi j'ai dit :

« Ben dans ce cas-là, mes parents, ils doivent pas souvent en avoir parce que je les entends jamais crier. »

Elles ont toutes dit :

« Ben moi non plus. »

Nathalie a raconté qu'une fois elle avait passé toute une nuit en tout cas au moins deux heures, derrière la porte de ses parents à la campagne dans leur maison de campagne, pour écouter ce qu'il se passait parce qu'elle savait très bien qu'ils faisaient l'amour à chaque fois qu'ils allaient à la campagne. Mais elle avait rien entendu d'autre que des soupirs et le bruit que faisait le lit et ça grinçait et rien.

On a trouvé alors que personne qu'on connaissait autour de nous avait jamais joui et que le plaisir sexuel, c'était aussi cher que, je ne sais pas moi, de l'eau dans le désert. Moi personnellement, c'est une conclusion qui me convient fort bien parce que je me dis alors que c'est comme les rayons, comme la musique et comme tout ce qui m'attire dans le ciel : si ça arrivait trop facilement à tout le monde, ça serait pas intéressant. À mon avis, si on jouit une fois par an, ça doit déjà être très bien comme moyenne.

Mes copines ont commencé ensuite à se demander avec qui elles aimeraient le mieux avoir du plaisir sexuel, les acteurs, Hollywood, les chanteurs, etc., etc., et ça, ça m'ennuyait franchement énormément, alors je suis allée aux toilettes. Dans ce café-là, les toilettes pour les filles, elles sont tout près de celles des garçons, et il y a un passage avec des carreaux sur le sol et on peut croiser les garçons quand ils reviennent de leurs toilettes à eux. Quand je suis arrivée dans le passage, il y avait un type mais pas un garçon, un homme de l'âge de mon père ou de l'âge du père de Fleur et il était de dos dans le passage et il s'est retourné en m'entendant ouvrir la porte des toilettes pour les filles et il m'a dit :

« Bonjour. »

Et il a sorti son zizi de son pantalon, c'était affreux, c'était un truc énorme et tout blanc et j'ai trouvé ça affreux et j'ai eu mal au cœur. Il le tenait dans sa main et il le remuait un peu et j'ai rien pu faire d'autre que de partir en courant et retrouver mes copines sur la banquette dans le fond de la salle de l'autre côté des flippers. Le type aussitôt après, il est repassé devant nous et devant moi et il est allé payer à la caisse. Pas gêné, le type.

J'ai dit à mes copines :

« Vous le connaissez, ce type-là ? »

Valérie a dit :

« Oui, je l'ai déjà vu, il travaille à la librairie du boulevard Malesherbes. »

J'ai dit :

« Il m'a montré son zizi, ce salaud dégoûtant. »

Valérie, Nathalie, Julie et Sophie, elles étaient toutes aussi écœurées que moi sauf qu'elles avaient pas eu le même choc que je venais d'avoir. Enfin il faut être honnête, j'étais pas vraiment choquée parce que on en a tellement vu en photo des zizis, c'est l'Exposition Universelle Permanente de zizis, la France, maintenant et dans les journaux des parents et même à la télé et au cinéma on voit ça tout le temps, mais c'est quand même pas pareil quand on voit ça en photo et quand on rencontre ça dans la vraie vie. Quand on voit ça dans la vraie vie, à mon avis, c'est bien plus moche. C'est même comique, mais comique triste, je veux dire. On s'est toutes retournées pour voir ce qu'il faisait et il a fini son verre en disant au revoir comme s'il s'était rien passé. Moi j'étais plus furieuse qu'écœurée et mes copines aussi.

Nathalie a dit :

« Ils sont vraiment dégoûtants tous ces types. Moi ça m'est déjà arrivé aussi dans l'ascenseur de chez ma tante. C'est un ascenseur avec une vitre et il y avait un drôle de type qui m'avait suivie quand je suis sortie du métro, c'était il y a longtemps, six mois je crois, et j'allais passer la nuit chez ma tante. J'ai couru pour aller dans l'immeuble et il s'est mis à courir aussi et j'ai réussi à attraper l'ascenseur et à lui fermer la porte au nez, alors il est reparti en courant en montant les escaliers. Je l'entendais qui courait et comme c'est un vieil ascenseur et qu'il allait plus vite que l'ascenseur, quand il est arrivé au deuxième étage au moment où je suis passée, il s'est mis devant la vitre et il m'a montré sa grosse machine toute droite et toute rouge et il avait l'air très content. Après il est redescendu et moi je suis arrivée au huitième chez ma tante et elle m'a dit, qu'est-ce que t'as, t'es toute pâle. J'ai vomi dans son hall d'entrée, tu parles d'un cirque. »

Valérie a raconté :

« Moi ça m'est arrivé l'an dernier dans une cabine téléphonique dans le métro station Villiers. C'était pendant que notre téléphone était en panne et on était toujours obligés de descendre au café ou à la cabine publique sur la place. J'avais été malade et pour me rattraper j'avais téléphoné à une copine, vous connaissez pas elle est plus là cette année, elle est en pension. Elle me dictait ses devoirs au téléphone et j'entendais quelqu'un qui frappait à la porte de la cabine dans mon dos, toc toc toc toc toc. J'étais allée au métro Villiers parce que le café et la cabine sur la place, ils étaient occupés tous les deux. Je me suis retournée parce que j'ai cru que c'était quelqu'un qui voulait téléphoner et qui s'énervait. Tu parles ! C'était un type avec un manteau et le truc avec lequel il faisait toc toc toc toc sur la porte vitrée de la cabine téléphonique, c'était son zizi. Il s'est reculé et il m'a giclé tout son machin, tout son jus sur la vitre et il est parti en courant. Affreux. »

Sophie, ça lui était encore jamais arrivé, mais Julie aussi elle avait connu une histoire du même genre. Elle, ça s'était passé au parc Monceau il y avait très longtemps quand elle allait encore au parc pour jouer avec son petit frère, ça veut dire qu'elle-même elle était encore très jeune, assez jeune pour faire des pâtés de sable, mais elle s'en rappelait quand même vachement bien, ça l'avait marquée. Le type s'était approché d'elle et lui avait dit qu'il avait quelque chose à lui montrer, un sucre d'orge géant il disait, et on pouvait le croquer toute la journée, ça fondrait jamais. Il l'a attirée dans un coin avec un bosquet et là il lui a montré en lui disant, il est pas beau mon susucre ? Sophie, elle est partie en courant pour le dire à sa mère mais quand elle est revenue avec sa mère, le type avait fichu le camp.

J'ai calculé parce que c'est mon habitude, c'est comme pour les listes, j'aime bien faire un bilan comme on dit à la radio – et j'ai établi un portrait-robot de ce genre d'histoires : les types, ils sont toujours seuls – on les revoit jamais – ils font ça très vite et ils insistent pas, on a l'impression que ce qui les intéresse, c'est de montrer leur zizi puis de partir aussitôt – ils ont toujours des gueules pas possibles mais dont on se rappelle pas, c'est normal puisqu'on n'a jamais eu le temps de regarder à quoi ils ressemblaient – en général ils parlent pas ou très peu – ils sont sinistres quand même, tout ce qu'on se rappelle est qu'ils font des gueules pas possibles et qu'ils sont habillés comme des gens qui ont toujours froid. Enfin, sur cinq filles que je connais il y en a quatre à qui c'est déjà arrivé. Ça doit vouloir donc dire que ça doit arriver pratiquement à toutes les filles en France qui ont entre huit et quatorze ans.

Et puis, dernière chose : on peut rien faire contre eux. On va pas aller se plaindre à la police, puisqu'on pourrait même pas dire à quoi ils ressemblent tellement on aurait honte et si on en parle aux parents, soit ils seront hystériques – du genre de ma mère – et ils vont venir faire un scandale au lycée et on va être ridiculisées devant les filles et surtout devant les garçons – soit ils feront comme s'il s'était rien passé, parce que ça les gêne quand on leur en parle.

Donc, non seulement on est écœurées mais en plus on est humiliées et enfin on est impuissantes. Nous mes copines et moi, on a estimé qu'il y en avait ras le bol et que pour une fois qu'on connaissait un de ces types et qu'on savait où le trouver, on allait organiser une expédition punitive contre lui. Parfaitement ! une Expédition Punitive. On était toutes assises sur la banquette et on s'est mises à faire des projets de vengeance et Nathalie a dit :

« On va aller dans la librairie et on va tout saccager et il pourra rien dire parce que s'il se plaint et qu'il appelle la police, alors on racontera aux policiers ce qu'il t'a fait dans les toilettes. »

Sophie avait une meilleure idée :

« On va aller dans la librairie et on va dire qu'on vient acheter une paire de ciseaux, des grands, comme pour couper du carton, comme il y en a dans les boîtes à couture, et quand on aura acheté les ciseaux on va le poursuivre dans la librairie en lui criant : on va te couper ton zizi ! Et on va le coincer dans un coin, on va l'obliger à te demander pardon, autrement on lui coupe d'un seul coup sec ! »

Valérie pensait qu'il valait mieux qu'on l'attende à la sortie de la librairie jusqu'à l'heure de la fermeture et qu'on le suive jusque chez lui et que là on invente un truc, comme de faire caca dans sa boîte aux lettres ou bien de prévenir tous les voisins qu'il y avait un dangereux maniaque sexuel dans leur immeuble, ou alors si par hasard et par coup de pot il était marié, alors là, génial, on irait tout raconter à sa femme et on le ridiculise vraiment, le type.

Julie a dit :

« Tout ça ne va pas du tout, parce qu'on peut pas y aller seules, même si on est cinq, parce qu'il est peut-être très balèze et il va nous battre. Il faut y aller avec des garçons. »

Alors là, tout le monde s'est mis à crier en même temps :

« Non ! On va pas leur demander parce que alors il faudra leur raconter pourquoi, et ce qui est arrivé à Stepha, et là ils se foutront de nous. Et puis quels garçons ? On a pas besoin d'eux, c'est tous des trouillards. Non non non ! »

Évidemment on aurait pu demander au seul garçon en qui on avait confiance, c'était Pablo, mais il est tellement petit le pauvre qu'il aurait pas pu faire le poids.

Finalement, on a rien fait. On a bien ri pendant un bon quart d'heure à l'idée de poursuivre ce type avec les gros ciseaux dans toute la librairie, ça c'était la meilleure idée, mais on est restées là à siroter nos Coca et nos Orangina et on a rien fait du tout, parce qu'il y a toujours une grosse différence entre ce qu'on rêve de faire et ce qu'on raconte et ce qui se passe vraiment dans la vie. C'est là qu'on voit bien qu'on est encore des enfants. On a pas les moyens.

On peut pas gagner. Les grandes personnes, c'est des géants et nous on est des nains, c'est comme dans les fables que je lisais quand j'étais petite.

De toute façon, ce type, il me faisait plutôt pitié qu'autre chose. Quand je serai grande et que je serai une femme, si je le rencontre, je lui ferai pas de mal, je lui donnerai pas une gifle, rien, je crois que j'aurai encore plus pitié de lui. Enfin j'espère, parce que la pitié c'est mieux que la vengeance, ça donne moins de brûlures à l'estomac.

19

Ce matin en me levant, je suis allée vérifier comment allait ma féminité retardée. J'ai rien vu.

Peut-être que je serai jamais une femme. Peut-être que je resterai une enfant toute ma vie. Une enfant avec des poils entre les jambes et de la poitrine sur la poitrine, mais une enfant quand même.

L'ennui, c'est que je ne suis plus tellement un enfant. Si j'étais vraiment un enfant, je parlerais pas toujours de ces choses-là, j'aurais pas les rêves que je fais, et je raconterais pas ma vie à Garfunkel et il me regarderait pas comme il fait, d'un air de dire : « Je te comprends ma vieille, toi et moi on est dans le même bateau. » C'est qu'il vieillit, lui aussi, Garfunkel. Il aura six ans cette année ce qui veut dire que pour un chat c'est comme s'il était un homme de quarante-deux ans, puisqu'un chat, il a sept fois l'âge qu'on lui donne. Donc, il est drôlement vieux. À quarante-deux ans, Garfunkel il a tout compris, je peux dire que lui, il a une vraie Philosophie de la Vie. Moi je suis pas aussi vieille que lui, c'est sûr, mais je me sens beaucoup vieillir en ce moment, surtout depuis que j'écris dans ce cahier et ça me fait peur de temps en temps mais j'ai pas encore une Philosophie de la Vie.

Ce que je veux dire, c'est qu'elle est pas pour tout le temps. J'arrête pas de changer d'avis. Garfunkel lui, il change pas. Les gens qu'il aime pas la veille, il les aime pas plus le lendemain. Il dort toujours aux mêmes heures sur le même radiateur, il met jamais le nez dehors sauf, des fois, quand je vais vérifier si le cadavre de mon hamster repose bien en paix, à ce moment-là Garfunkel jette un œil par la fenêtre ouverte et il regarde tout ce qu'il y a en bas, comme en haut, et il rentre avec un air de très très grand ennui. Ça l'accable, tout ce qu'il voit en bas, je le comprends. Des fois même, il a un ronron pas normal comme s'il n'était pas content et je ne suis pas devenue folle mais je crois bien que je l'ai entendu dire :

« Débilos, débilos. »

Le jour où on arrivera vraiment à parler ensemble lui et moi, et que je comprendrai tout ce qu'il me dit, j'aurai fait un grand progrès dans la vie.

En attendant, je m'aime pas, parce que j'arrive pas à garder la même attitude tout le temps. Quand je boude et que je fais la gueule, ce qui serait bien c'est que je boude tout le reste de la journée mais j'y arrive pas. D'ailleurs, je sais pas pourquoi je boude. Quand je suis heureuse, je veux dire quand je me sens plutôt moins merdique que d'habitude, ça dure pas non plus. J'ai des hauts et des bas, c'est comme au yoyo, ça me fatigue, j'ai les jambes toutes lourdes. Je me sens molle et épaisse et j'ai la tête toute vide, je suis raplapla. Le lendemain ou même cinq minutes plus tard d'un seul coup, tout m'énerve, j'ai envie d'embêter tout le monde surtout mon père si j'arrive à le rencontrer entre tous ses rendez-vous d'affaires, et surtout les garçons qui m'énervent avec leurs réflexions stupides et imbéciles. Je tiens pas en place, j'ai envie de danser et de faire les pieds au mur ou de m'arrêter dans la rue et de hurler comme les sirènes une fois par mois à midi et j'ai envie de courir dix fois autour du petit square juste en bas de chez nous et j'arrive pas à dormir, pas du tout, ça me dure jusqu'à 3 heures du matin et je vais vingt fois aux toilettes et je vais dix fois à la cuisine manger des sandwichs et me frapper du lait avec de l'Ovomaltine, je suis remontée comme les pendules, c'est incroyable.

Ce qu'il y a, c'est que je ne comprends rien à ce qui m'arrive avec mon corps. Je voudrais être comme Garfunkel parce que lui, on voit bien que son corps est tout le temps d'accord avec sa tête. Il a un corps de chat et une tête de chat. Tandis que moi, j'ai l'impression qu'il arrive des choses à mon corps que ma tête contrôle pas. Ce qui me tue, c'est que j'ai pas vraiment *envie* de bouder quand je boude, ou de courir autour du square quand je cours autour du square. J'ai pas l'impression que c'est moi qui l'ai décidé dans ma tête.

Y a qu'une seule façon de décrire ce que j'ai : je sais pas ce que j'ai.

20

Non seulement je sais pas ce que j'ai, mais je sais pas ce que je suis.

Aux toilettes, je me suis levée du siège et je me suis collée debout le nez contre la glace et j'ai décidé que je me regarderais jusqu'à ce que je sache ce que je suis.

Je me suis posé des questions. Je me suis fait une Liste.

Est-ce que je suis une femme ? Non.

Est-ce que je suis une fille ? Non.

Est-ce que je suis un garçon ? Non.

Est-ce que je suis un enfant ? Non.

J'ai regardé mes yeux avec mes yeux. C'est-à-dire que j'ai d'abord regardé rien que la petite bille noire qu'il y a à l'intérieur de la bille marron au milieu du blanc de mes yeux et j'ai ensuite essayé d'entrer dans la bille noire elle-même. En se concentrant très très fort, on arrive à entrer dans quelque chose de très très petit, comme j'arrive à entrer dans quelque chose de très très grand, c'est-à-dire le ciel. Mais il a fallu que je me concentre beaucoup plus que d'habitude, et quand j'ai réussi à mettre mes yeux dans le noir de la bille noire de mes yeux, j'ai eu la tête qui m'a tourné et je suis tombée à la renverse sur la moquette des toilettes, ça a dû faire un bruit boum parce que j'ai entendu Garfunkel qui farfouillait de l'autre côté de la porte en se frottant pour être sûr que j'allais bien. Alors je lui ai dit :

« T'inquiète pas Garfunkel, c'est rien, c'est moi qui suis tombée. »

Il m'a dit :

« Bon fais pas de bêtises. »

J'ai pas fait attention à un Super Événement Considérable, c'est que le chat m'avait répondu – sans doute parce que j'étais trop sonnée par ma chute, ça faisait glang glang glang dans ma tête, j'étais tombée toute raide d'un seul coup en arrière, les voisins du dessous ils ont dû croire qu'on démarrait la guerre mondiale thermonucléaire, celle qui va tout destroy.

Je me suis relevée et je ne savais toujours pas ce que je suis, alors j'ai encore voulu me regarder mais j'ai changé de tactique.

J'ai décidé que je m'étais mise trop près de la glace et qu'il fallait que je recule mieux cette fois pour avoir une vue d'ensemble du Désastre National que je suis en ce moment.

J'ai d'abord commencé par mes pieds qui ont l'air de deux grandes fourchettes à salade et j'ai remonté par les jambes qui sont longues comme les baguettes du boulanger, celles qu'on appelle des flûtes, ensuite j'ai regardé mon zizi avec ses poils et je me suis demandé à quoi ça me servait vraiment à part faire pipi, et j'ai regardé mon ventre qui est tout plat mais il y a du caoutchouc dedans je le sais, et ma poitrine qui est comme deux espèces de figues toutes mollasses avec le bout qui se relève, j'aime pas du tout ma poitrine, il faut bien le reconnaître, je ne sais jamais quel genre de soutien-gorge il faudrait que je porte, il y a aucune taille qui m'aille, à mon avis plus tard il faudra que je me les fasse faire sur mesure, mes soutiens-gorge. Pour l'instant le seul truc que je vois qui me convienne, pour mettre ma poitrine longue avec les queues du bout comme des figues, ça serait des chaussettes mais les courtes, des pour bébés avec un seul doigt au bout. Après, j'ai regardé mon cou qui est aussi trop long, comme celui des cigognes, et après j'ai regardé mon visage. Je me suis fait une grimace terrible à moi-même, une grimace qui dépouille, une qui déchire et qui jette parce que comme ça quand on arrête de grimacer, on se trouve toujours très belle. C'est une bonne tactique : plus on grimace, plus après on se trouve bien.

À qui je ressemble ?

Je voudrais bien ressembler à Ingrid Bergman dans le film en noir et blanc où elle a les cheveux courts et frisés comme un mouton, ou alors à Lauren Bacall dans le film en noir et blanc où elle se gratte tout le temps les genoux sur ses bas quand elle est assise face au type – parce qu'elle essaie de le scier sans doute. Mais de toute façon je ne peux pas dire que ça m'obsède tellement de ressembler à des actrices d'autrefois en noir et blanc. Je préférerais beaucoup mieux ressembler aux cheveux de Mutti quand il dirigeait la *Pastorale* ou aux ailes du Goéland quand il va plus vite que la vitesse permise ou à la dernière pensée que mon hamster a eue avant de mourir parce que c'est ça, la Beauté, et c'est à ça que je voudrais ressembler, à la Beauté.

À ce moment-là je me demande : et si j'avais cette beauté-là, est-ce que quelqu'un m'aimerait ? Je veux dire, m'aimer d'amour, pas aimer comme tout le monde dit qu'on s'aime, c'est-à-dire par habitude ou par politesse ou par mensonge ou parce que c'est pratique ou parce que c'est la famille. Non, aimer comme j'ai pas encore compris. Mais qui ça serait, ce quelqu'un ? Forcément, il faudrait que ça soit un garçon, je vois pas comment on pourrait faire autrement, mais comme les garçons m'intéressent pas du tout, je ne vois pas qui pourrait m'aimer d'amour. Alors, alors rien.

J'ai découvert plusieurs trucs ce matin-là devant la glace des toilettes. D'abord, c'est qu'il faut pas trop se regarder dans le noir des yeux, on s'évanouit tout de suite. Deuxièmement, il faut pas trop se poser des questions qui fabriquent d'autres questions, parce que résultat zéro. Je crois que c'est très très mauvais de se regarder longtemps dans une glace. Maintenant je le ferai plus que de loin et pour des raisons purement techniques, comme par exemple est-ce que j'ai pas trop de points noirs sur le nez ou est-ce que j'ai besoin de me laver les cheveux. Des trucs idiots, parce que si on reste dans les trucs idiots, on est jamais angoissé, des trucs de mémères de Deauville ou d'Avoriaz qui parlent que de leurs cheveux et de leur cellulite et d'argent et de cul, c'est ça que j'ai aussi compris devant la glace des toilettes : c'est que quand on dit de quelqu'un que c'est un imbécile heureux, eh bien on se trompe pas ! Moi maintenant, je vais essayer très fort d'être imbécile. Telle que je me connais, ça ne durera pas très longtemps, jusqu'au moment où j'écrirai un autre chapitre dans mon cahier.

21

N'empêche : les adultes, c'est des lâches quand c'est pas des menteurs et des salauds et avec eux on sait jamais vraiment ce qui s'est passé. À la Ferme aujourd'hui il y a eu une histoire très compliquée qui prouve bien ce que je dis : le monde est injuste et les gens sont dégueulasses.

En classe, il y a un garçon qui chahute toujours, à mon avis il est perturbé dans sa tête parce que chahuter aussi souvent c'est qu'on cherche quelque chose de dramatique, je sais pas quoi d'ailleurs mais quelque chose. Moi je sais bien que souvent, chez moi, je fais des choses extravagantes pour attirer l'attention de mes parents mais je me calme et puis en classe j'ai compris qu'il fallait toujours s'écraser. Mais lui, ce garçon, il s'appelle Xavier, c'est un cas.

C'est devenu tellement un cas que maintenant, c'est bien simple, quand il y a une grosse bêtise de faite, tout le monde se retourne vers Xavier d'un air de dire :

« C'est encore lui. »

Il a des taches de rousseur sur le nez, il serait plutôt mignon s'il avait pas aussi des boutons sur les joues et le front et le menton, on sait plus très bien où sont les taches et où sont les boutons. Il zozote. Il rigole tout le temps. C'est un cas.

Ce matin, dans le couloir du premier étage avant le cours de maths, il y a une fille qui fait pas partie de notre bande même si elle a un prénom en ie comme nous toutes, elle s'appelle Sylvie Lacaille c'est une des meilleures élèves de la classe, c'est une hypocrite et une conne prétentieuse je peux pas la blairer, mais je dois reconnaître qu'elle est vachement forte et qu'elle fait des coups incroyables avec son air de petite sainte ni s'y frotte ni s'y touche. Sylvie Lacaille, elle nous a montré une petite bouteille toute petite, un flacon plutôt, avec un liquide dedans je sais pas lequel et elle a fait un geste en montrant la chaise de la prof de maths. Elle nous a jamais dit qu'elle venait de faire quelque chose, elle a seulement montré la chaise de la tête en agitant sa petite bouteille. Donc, je peux pas dire honnêtement qu'on sait vraiment si c'est elle qui a mis du fluide sur la chaise mais il y a quand même de fortes chances. On était pas là quand elle l'a fait, c'est vrai, mais elle a drôlement voulu nous faire comprendre en tous les cas qu'elle venait de faire un coup.

Si je dis tout ça, c'est parce que dès que la prof de maths s'est aperçue que quelqu'un lui avait mis du fluide sur le fauteuil, elle s'est levée en hurlant comme si il y avait une souris dans sa culotte et elle a tout de suite tendu le doigt vers Xavier et elle a crié :

« Xavier Ducasse, à la porte. »

Elle a laissé la classe en plan comme ça, elle a emmené Xavier direct chez la censeur. Nous, on a regardé Sylvie Lacaille, elle a fait comme si elle était au courant de rien. On est sorties dans le couloir parce que la prof revenait toujours pas et puis la prof est revenue finalement sans Xavier, et une heure plus tard au cours suivant, la censco est venue nous dire avec sa figure en forme de bigoudi que Xavier était définitivement renvoyé du lycée. On a rien dit. Après les cours, on est allé voir Sylvie Lacaille et on lui a dit que c'était vraiment dégueulasse et que c'est sûr que Xavier il chahute tout le temps mais là on était sûres qu'elle était dans le coup et il fallait qu'elle se dénonce. Elle nous a répondu qu'elle avait rien fait et qu'il n'y en avait aucune d'entre nous qui serait assez faux jeton pour aller la dénoncer.

Elle est maligne, Sylvie Lacaille, parce que normalement comme on se le dit toujours entre nous, il y a l'Ennemi Commun et l'Ennemi Commun c'est les grandes personnes et donc, la loi c'est d'aller jamais leur cafter quelque chose. Donc Sylvie Lacaille, elle a compté là-dessus, on peut même dire qu'elle a joué là-dessus. En plus, maintenant qu'on en avait toutes parlé entre nous et devant elle, personne allait prendre le risque d'aller la dénoncer. Parce que ça se serait su tout de suite.

À la sortie, sur le banc qu'est de l'autre côté de la rue, là où beaucoup d'élèves attendent le bus, on a vu Xavier et il pleurait et ça nous a percutées parce que comme il chahute toujours et qu'il paraît qu'il a déjà été renvoyé de cent soixante-douze mille endroits, des cours privés et des lycées, etc., on pouvait pas croire qu'il avait vraiment de la peine. Mais on était pas très malines puisque j'ai déjà expliqué que Xavier, il chahute trop pour que ça soit normal. Moi j'ai quand même repéré que c'était un cas, et le fait qu'il était malheureux comme ça nous a drôlement sciées.

Sophie lui a dit :

« Alors c'était toi le fluide glacial ? »

Xavier a dit :

« Non enfin j'étais pas tout seul, c'est moi qui l'ai mis mais c'est pas moi qu'avais apporté la bouteille, on m'a aidé. »

Je lui ai dit :

« C'était Sylvie Lacaille ? »

Xavier a dit :

« Je suis pas un cafteur. »

Je lui ai dit :

« Tu l'as dit à la censco ? »

Il m'a dit :

« La censco de toute façon, elle dit que je chahute tout le temps et qu'il y a longtemps qu'ils auraient dû me renvoyer. »

Sophie et Julie ont dit :

« Peut-être mais sur ce coup-là, c'est pas juste. »

Xavier a dit :

« Non c'est pas juste. »

Et il y avait des toutes petites larmes dans ses taches de rousseur, je suis sûre que je les ai vues.

Je lui ai dit :

« Qu'est-ce que tu vas dire à tes parents ? Comment tu vas raconter ça ? »

Il m'a dit :

« De toute façon ils s'en foutent et puis il y a longtemps qu'ils veulent me mettre en pension, alors ils vont être bien contents, à tous les coups j'y loupe pas. »

Le bus est arrivé et Xavier est monté dedans et il nous a fait un signe V de la victoire en partant mais il n'avait pas l'air très super-sûr de lui. Avec Sophie, Nathalie et Julie et Valérie aussi, on a commencé la Raccompagne et Pablo nous a rejointes et on a parlé que de ça et à la fin de la Raccompagne on s'était toutes mises d'accord sur un plan d'attaque pour essayer de sauver Xavier le lendemain.

Le lendemain, on est allées voir la prof de musique, Nicole, parce que c'est la seule en qui on a confiance et on est sûres qu'elle nous trahira pas, et on lui a demandé de jurer qu'elle nous trahirait pas, elle a juré. Sophie lui a parlé parce que c'est elle qui s'exprime le mieux. Moi je m'exprime bien quand j'écris mes cahiers et quand je suis toute seule mais quand c'est pour parler en public et devant les autres, c'est autre chose. Sophie a dit :

« Nous on sait que Xavier Ducasse, il est pas le seul responsable et que Sylvie Lacaille était dans le coup et il y a pas de raison pour que Xavier paie pour deux. Ils ont qu'à le renvoyer pour quarante-huit heures comme on fait d'habitude, mais il mérite pas un renvoi définitif, c'est pas juste. »

Nicole a dit :

« Vous avez peut-être raison et Sylvie dans ce cas-là devrait aussi être renvoyée deux jours et à ce moment-là on partagerait la punition. Mais est-ce que vous m'autorisez à donner le nom de Sylvie à Mme le censeur ? »

On a dit :

« Surtout pas. On est pas des cafteuses. »

Nicole a dit :

« Mais comment voulez-vous que je fasse alors ? »

Sophie a dit :

« On sait pas. »

Nicole avait l'air très très embêtée. Elle avait l'air de réfléchir et elle nous a dit après un moment :

« En somme, ce que vous me demandez c'est d'aller dire à Mme le censeur que je sais qui est responsable de cette histoire mais que je ne peux pas dire qui et qu'il faut qu'elle me fasse confiance et que elle ne doit pas punir aussi sévèrement Xavier Ducasse mais que je ne suis pas autorisée à lui dire qui est l'autre élève qu'il faut punir à sa place ou en tout cas à part égale. C'est pas évident, votre affaire ! »

Sophie a dit :

« Oui mais c'est exactement ça qu'il faudrait faire. C'est exactement ça qui serait juste. »

Nicole a dit :

« Je veux bien essayer. »

Mais elle avait l'air embêtée et j'ai pensé que c'est parce qu'elle connaissait la censco bien mieux que nous et qu'elle se doutait que la censco l'enverrait se faire voir et qu'elle en avait pas envie, en fait, de la voir, la censco, parce que quand même elle est prof et Nicole a besoin de rester bien avec la censco, on sait jamais pour son avancement. C'est ça le problème avec les adultes, il faut quand même toujours qu'ils calculent pour tout ce qu'ils font.

Ça a duré deux jours tout ça, parce que Nicole on la voit pas tous les jours, elle vient pas tous les jours au lycée. Pendant ce temps-là, on n'a plus revu Xavier et Sylvie Lacaille elle, elle est tombée malade, c'est une belle hypocrite maline celle-là, elle a dû se dire qu'il valait mieux qu'elle se fasse oublier en ce moment. Quand on a revu Nicole, elle avait l'air encore plus embêtée que la fois d'avant, pendant toute la classe elle a fait comme si elle nous voyait pas, elle a même pas interrogé une seule de notre groupe alors que normalement elle nous fait toujours jouer des gammes à la flûte, ou elle nous demande de lui chanter des trucs qu'elle nous a appris la fois d'avant. Là, elle faisait comme si on était pas là, aucune d'entre nous, elle avait l'air très gênée. À peu près à la fin de la classe, elle a pris ses affaires très vite elle a mis son blouson avant que ça sonne et dès que ça a sonné avant même que ce soit les élèves qui se lèvent, elle était partie. Avec les copines on s'est regardées, et on était vachement surprises et on a compris qu'elle foutait le camp pour pas nous raconter et qu'elle était donc aussi lâche que les autres. Alors il y en a une qui a dit, je crois que c'était Sophie :

« Si c'est comme ça, c'est fichu, on laisse béton. »

Moi ça m'a pas du tout satisfaite parce que j'ai vachement confiance en Nicole, c'est quand même quelqu'un qui m'a dit un jour : « ne me déçois pas », et qui m'a donné un conseil que je suivrai toute ma vie quand elle m'a dit qu'il fallait « plonger dans la musique ». Alors j'ai laissé les copines dans le couloir, de toute façon elles étaient pas super-motivées, ça faisait deux jours que cette histoire traînait, elles commençaient déjà à se préoccuper de choses qu'elles trouvent absolument totalement importantes comme les garçons qui parlent d'elles et les boums et toutes leurs combines de filles qui font semblant qu'elles sont des femmes, maquillage et compagnie. Alors j'ai couru dans le couloir, j'ai couru dans l'escalier et j'ai couru dans la cour et j'ai couru dans la rue, quand je veux vraiment courir on peut dire que c'est de la frime la dispense de gym parce qu'à mon avis je suis la Fille La Plus Rapide du Dix-Septième Arrondissement Section Nord. Nicole, je savais qu'elle prenait toujours le métro à Villiers et j'ai coupé par des rues très courtes et je connais le chemin par cœur, alors je suis arrivée avant elle à la station et quand elle est arrivée, elle a pas eu l'air tellement surprise de me voir, au contraire elle m'a souri. Elle m'a dit :

« Ma petite Stéphanie, j'ai fait ce que j'ai pu, mais j'ai rien pu faire. »

J’ai dit :

« Mais pourquoi Nicole ? »

Elle a dit :

« Je vais même te dire à toi parce que tu es spéciale, toi Stépha, mais ne le raconte pas à tes copines. J’ai donné ma parole d’honneur à la censeur que je savais la vérité et qu’il ne fallait pas renvoyer Xavier pour de bon mais ça n’a pas suffi. »

J’ai dit :

« Mais pourquoi ? »

Elle a dit :

« Le censeur m’a demandé le nom de l’autre élève et m’a dit que ma parole d’honneur ne lui suffisait pas. Je lui ai dit que je vous avais promis. Elle m’a dit que je devrais arrêter d’insister et c’est comme ça, ma petite Stépha, c’est injuste mais c’est comme ça. Si tu veux tout savoir, elle m’a dit que même si je lui donnais l’autre nom, elle ne reviendrait pas sur sa décision parce qu’elle ne voulait pas se déjuger. »

J’ai dit :

« Mais ça veut dire quoi, ça ? »

Elle a dit en soupirant :

« Ça veut dire que les grandes personnes font passer leur vanité avant la vérité. »

J’ai dit :

« Je comprends pas bien. »

Nicole a dit :

« Tu comprendras un jour. Je peux plus rien faire pour vous les filles. »

Elle avait l'air triste et même un peu d'avoir honte et vexée aussi, parce que ça avait dû lui faire du tort, cette histoire. Elle m'a embrassée et je suis rentrée chez moi.

À la maison, miracle plus grand que celui de Lourdes, il y avait mon père. Ce qu'il faisait à cette heure-là, je n'ai pas pu comprendre tout de suite pourquoi, toujours est-il que je l'ai trouvé dans le grand salon et il buvait je ne sais pas trop quel truc, ça devait être encore une liqueur bizarre qui lui donne chaud dans le corps, et il grignotait des saletés salées comme il fait tout le temps, des pistaches, des nuts, des trucs.

J'ai dit :

« Papa, il faut que tu m'aides à réparer une Injustice. »

Il m'a regardée d'un drôle d'air. Les grandes personnes, dès qu'on leur demande de vous aider pour des questions de justice, elles se défilent. Je lui ai quand même raconté toute l'histoire, tout avec tous les noms et le Résumé des Chapitres Précédents comme on dit dans les feuilletons des journaux. C'était long, c'était long, je suis même sûre que je me suis plantée plusieurs fois dans mon histoire mais enfin je lui ai demandé d'aller voir la censco et de lui donner le nom de Sylvie Lacaille. Tant pis si on me prenait pour une cafteuse, je pouvais plus supporter l'idée de l'Injustice et je pensais tout le temps à Xavier qui faisait son V de la victoire avec les larmes aux yeux dans son bus.

Papa m'a dit :

« Ce que tu me demandes de faire, ça changera rien. Si ton prof t'a dit que ta censeur voulait pas se déjuger, c'est râpé, ton affaire. »

J'ai dit :

« Pourquoi ? »

Il m'a dit :

« Parce que c'est comme ça. »

J'ai dit :

« Je t'en supplie papa, fais-le quand même et va la voir. »

Il m'a dit :

« J'ai pas le temps ma petite Stevie, je prends l'avion pour New York tout à l'heure, j'ai mon associé qui vient me chercher dans dix minutes au bas de l'immeuble en voiture. »

C'était pour ça qu'il était à la maison à cette heure-là. D'habitude, quand il prend l'avion, papa, il fait sa valise au bureau, il a des affaires de rechange là-bas il paraît, je crois même qu'il a un lit et une douche et tout ça au bureau, ça doit être pour ça qu'il vient jamais à la maison, ça lui permet au maximum d'éviter de rencontrer son épouse c'est-à-dire ma mère. J'ai jamais vu son bureau et un jour j'irai à l'improvisation sans le prévenir, peut-être alors que je découvrirai qu'il a une femme à son bureau et que c'est une autre maison, à mon avis ça expliquerait tout, peut-être. J'ai quand même tellement dit à papa qu'il fallait faire quelque chose qu'il m'a dit :

« Bon, eh bien on va lui téléphoner à ta censco, comme tu l'appelles. »

Ça m'a fait drôlement plaisir. Il a appelé et il a demandé à parler à la censco, il l'a eue au téléphone, ce qui est formidable parce que si moi j'avais essayé j'y serais jamais arrivée, mais les adultes, ils arrivent à avoir des gens au téléphone qu'on peut pas nous jamais avoir. Il lui a raconté deux ou trois trucs sur cette affaire mais elle l'a vite empêché de parler il s'est mis alors à l'écouter et de temps en temps il remuait la tête et il disait :

« Oui bien sûr, madame, oui je vois madame, oui je vous comprends, madame, oui bien entendu, oui madame… »

En fait, il faisait qu'approuver ce qu'elle racontait, la censco, et elle devait lui faire tout un baratin parce qu'il n'arrêtait pas d'écouter et il ne pouvait pas en placer une et moi j'ai voulu prendre l'écouteur il m'a empêchée assez violemment, je dois dire. J'ai trouvé ça curieux parce que d'habitude, je peux, mais là il voulait pas que j'écoute. Il a rougi à un moment donné et il a dit :

« Madame, si vous croyez que j'ai eu beaucoup le temps récemment… Je voyage beaucoup, vous savez. »

Il avait l'air de s'excuser et je comprenais plus rien. La censco a dû lui raccrocher au nez sans prévenir parce qu'il a pas eu le temps de lui dire au revoir, ça s'est arrêté d'un seul coup, bizarre. Il m'a regardée l'air furieux et il m'a dit :

« Ta censeur, elle est au courant de toute l'affaire et même que c'est pas la faute de ton copain mais elle dit qu'il fallait faire un exemple. Et qu'on ne revient pas en arrière dans ces cas-là. »

J'ai dit :

« C'est tout ? »

Il a dit :

« Non c'est pas tout, je me suis fait traiter de père indigne, sous prétexte que je suis jamais venu à une seule réunion de parents d'élèves, on m'a demandé de quoi je me mêlais et que je ferais mieux de me préoccuper de tes résultats catastrophiques. Bravo, Stépha, bien joué, carton rouge ma grande ! Tu me demandes de t'aider et maintenant je me fais engueuler. Tu m'y reprendras, ma vieille. »

Ça avait l'air de l'avoir drôlement humilié que la censco lui fasse des remarques sur son manque de parentisme mais la censeur, même si c'est une vache, je peux pas lui donner tort pour ça. J'ai compris que moi aussi je m'étais mêlée de ce qui me regardait pas, mais comme j'osais pas demander pardon à papa, je lui ai dit :

« Mais papa, avoue quand même que c'est injuste. »

Il m'a dit :

« Je descends, mon associé doit déjà être en bas et on va louper l'avion. Salut ma petite Stef. Tu diras à ta mère qu'il faut qu'elle s'occupe un peu plus de ta scolarité. »

Il s'est levé et il m'a embrassée et il est parti. À la porte il s'est retourné, et il m'a dit :

« Faut pas t'en faire, Stevie, la justice ça n'existe pas, c'est une histoire typique, ton histoire, c'est toujours comme ça dans la vie, c'est une petite anecdote, rien d'autre. Ton copain, il se recasera ailleurs, tu verras. »

J'ai eu le temps de lui dire :

« C'est ça, d'accord. »

Mais il était déjà parti de l'autre côté de la porte. Plus tard, quand on a revu Sylvie Lacaille, elle faisait comme si rien ne s'était passé, il y a même des filles qui font encore plus copain avec elle qu'avant, on dirait qu'elles l'admirent de s'en être aussi bien tirée, et d'avoir été aussi maline, plus personne a revu Xavier, moi je trouve qu'il y a rien de pire que l'Injustice, ça m'a vachement flinguée cette affaire.

J'ai fait une Liste du Résultat de l'Incident Xavier Ducasse. Tout le monde a perdu dans cette histoire : nous les filles, parce qu'on avait rien pu obtenir comme résultat. Nicole, parce qu'elle avait essayé d'être honnête et de nous défendre et elle s'était fait certainement remettre à sa place. Mon père, parce qu'il avait été humilié par la censco. Xavier, parce qu'il avait été la Victime de l'Injustice. En fait, les deux seuls qui gagnaient dans toute cette histoire, c'était la censco qui savait la vérité mais qui voulait quand même pas faire la justice, et Sylvie Lacaille, qui était responsable à moitié au moins, mais on pouvait rien prouver, et qui était pas punie ni rien sous prétexte qu'elle est toujours bonne en classe, et qui, en plus, a encore plus la cote maintenant avec tout le monde.

Ceux qui étaient du côté de la justice, ils avaient zéro pointé, ceux qui étaient des hypocrites, ils avaient vingt sur vingt. Ça m'a flinguée encore plus après que j'ai fait ma liste.

C'est peut-être ça qui a fait que j'ai recommencé, je veux dire que j'ai fait une deuxième fugue.

22

J'ai téléphoné à l'Autre.

Ce qu'il y a de bien depuis que j'ai rencontré l'Autre, c'est que je sais qu'il y a quelqu'un que je connais dans la vie et qui est toujours là chez lui près du téléphone si j'ai envie de lui parler. Forcément puisque avec sa petite chaise, il quitte jamais sa maison et en plus il adore téléphoner et moi ça m'a prise récemment, mais je suis en train d'établir des nouveaux records de longueur au téléphone, heureusement il y a plusieurs lignes chez moi.

Il y a une ligne pour les affaires de mon père, il y a une ligne pour les amies de ma mère et pour qu'elle leur parle de son Yorkshire et de ses frisettes dans les cheveux et il y a une troisième ligne pour tout le monde, c'est-à-dire pour moi. J'ai demandé à mes parents qu'ils me mettent un appareil dans ma chambre et ils ont été d'accord ce qui m'a drôlement surprise, ça m'a d'ailleurs prouvé qu'ils se moquent bien de savoir si je travaille sérieusement dans ma chambre parce que avec un téléphone, ils devraient se douter que je ne vais plus rien faire – alors en tous les cas je m'en sers assez souvent, mais surtout pour téléphoner à l'Autre. J'ai remarqué qu'au téléphone on se dit mille fois plus de trucs que quand on se voit, peut-être que les gens ont moins peur quand ils téléphonent parce qu'ils ne se regardent pas dans les yeux, alors ils disent plus la vérité, ou en tout cas des choses sérieuses.

Quand je téléphone, Garfunkel vient tout de suite sur mes genoux et il ronronne, il aime pas beaucoup que je téléphone à quelqu'un parce que c'est un champion du monde de la jalousie mais il sait au moins que pendant ce temps-là, je bouge pas et donc qu'il peut ronronner sur mes genoux. En plus, à mon avis, il tient absolument à être au courant de tout ce que je raconte.

L'Autre, je lui ai expliqué l'Incident Xavier Ducasse. Je lui ai dit que ça m'écœurait et que je me sentais toute destroy, mais il m'a dit quelque chose qui m'avait échappé. Il m'a dit :

« N'empêche que ce qui est important c'est que tu as essayé de l'aider, Xavier, et ça, ça lui fera du bien. »

J'ai dit :

« Ben non, puisqu'il sait pas que j'ai essayé de l'aider. »

Il a dit :

« Peut-être qu'il le sait quand même et qu'il l'a senti quand tu as essayé de l'aider. Mais il y a aussi quelque chose qui compte c'est que toi, tu t'es améliorée, parce que ce que tu as fait, c'est un beau geste, donc faut pas t'en faire. »

J'ai dit :

« Tu dis ça pour me faire plaisir. »

Il a dit :

« Non je dis ça parce que c'est vrai et que t'es une fille géniale, Stépha ! »

J'ai dit rien parce que je pouvais rien dire. J'étais un peu gênée, quoi, il disait rien non plus au téléphone. Des fois comme ça, les gens disent rien au téléphone mais c'est quand même vachement agréable d'avoir le téléphone contre l'oreille et d'écouter le silence des autres. C'est ce que je lui ai dit. Il m'a dit :

« Il y a encore bien mieux que ça. Est-ce que t'as déjà essayé de téléphoner sans le téléphone ? »

Ça, ça m'a sciée. J'ai dit :

« Je comprends pas. »

Il m'a dit :

« C'est pas compliqué. On décide tous les deux qu'on va continuer de se parler mais on raccroche et on reste à côté du téléphone chacun de notre côté, et si on se concentre très fort, on peut arriver à continuer d'entendre ce que dit l'autre. »

J'ai dit :

« Ça c'est génial, mais tu crois qu'on peut vraiment y arriver, c'est pas trop difficile ? »

Il m'a dit :

« Non si tu veux on essaie tout de suite, tu raccroches et je raccroche et on continuera de se parler. D'accord ? Alors à trois on raccroche, c'est très important de bien raccrocher ensemble au même moment. »

J'ai trouvé que c'était une expérience formidable. Et que si on y arrivait, alors ça serait super super. On a compté un deux trois exactement en même temps il a raccroché et moi aussi. J'ai regardé le téléphone très fort et j'ai essayé d'entendre ce que me disait l'Autre, mais j'ai rien entendu. Alors je me suis dit que peut-être il m'écoutait et je me suis mise à parler. Je lui ai dit que j'étais vraiment triste pour lui parce que Pablo m'avait appris hier qu'en fait il était pas paralysé pour du temporaire mais qu'il paraissait qu'il allait l'être toute sa vie, et que ses parents avaient décidé de lui donner tous les jours maintenant un précepteur et que peut-être au bout d'un moment ils auraient moins honte et il reviendrait dans un cours. Je lui ai dit que je viendrais le voir régulièrement et que même s'il voulait, je viendrais m'asseoir dans son lit à côté de lui pour finir de lire *Jonathan Livingston Le Goéland* et que je resterais son amie pour la vie.

J'ai attendu qu'il me réponde. Je trouvais que c'était très important ce que je venais de lui dire, mais ça m'angoissait beaucoup parce qu'il ne se passait rien. Alors j'ai décroché le téléphone et j'ai refait son numéro et il a tout de suite répondu et il m'a dit :

« Pourquoi t'as l'air si triste, Stéphanie, tu craques ? »

Je lui ai dit :

« Mais j'ai rien entendu, je t'ai pas entendu, c'est affreux j'ai rien entendu ! Je t'ai parlé moi et toi t'as pas répondu ! »

Et d'un seul coup, je ne sais pas pourquoi, ou plutôt je sais, c'est que j'en avais encore une fois ras le bol de tout, j'ai éclaté en sanglots et je me suis mise à pleurer comme une vraie pleureuse, je ne savais pas ce qui m'arrivait, j'étais complètement pulvérisée. L'Autre a voulu me consoler et il a dit :

« Calme-toi, Stéphanie calme-toi, t'es trop énervée, c'est pas parce que tu y es pas arrivée qu'il faut pleurer, c'est pas sérieux, tu sais, ça veut rien dire. »

Je lui ai demandé :

« Mais toi est-ce que tu m'entendais ? Est-ce que tu as entendu ce que je t'ai dit ? »

Il m'a dit :

« Qu'est-ce que tu m'as dit ? »

J'ai dit :

« Si tu me le demandes, c'est que tu ne m'as pas entendue. »

Il a dit :

« Pour te dire la vérité, Stéphanie, pas vraiment, non. Ça s'est pas très bien passé ce coup-ci mais ça ira mieux la prochaine fois, peut-être qu'on avait pas assez travaillé la question tous les deux et qu'il faut s'entraîner beaucoup plus sérieusement pour y arriver. »

J'ai dit :

« Mais est-ce que tu l'avais déjà fait avec quelqu'un d'autre, parce que tu m'en as parlé d'abord comme si tu savais déjà ? »

Il m'a dit :

« J'ai frimé, j'avais jamais essayé, c'est un truc que j'ai inventé comme ça pour t'impressionner, tu sais je dis n'importe quoi des fois, faut pas croire que je suis aussi sidéral que je le raconte. »

Ça m'a fait de la peine de l'entendre dire ça et je me suis arrêtée de pleurer.

Il a attendu très longtemps et moi j'osais plus rien dire parce que je ne sais pas ce qu'il faut faire quand quelqu'un s'excuse d'avoir frimé et raconte qu'il est pas aussi génial qu'on a cru qu'il était.

C'est une situation trop compliquée pour moi ça, qu'est-ce qu'il faut faire dans ces cas-là ? J'ai attendu qu'il parle.

Il a dit :

« Je joue tout le temps la comédie, faut pas croire un mot de ce que je te dis. »

J'ai dit :

« Tu dis n'importe quoi, Joël. »

Parce que en fait il s'appelle Joël – mais quand j'écris et que je parle de lui, maintenant j'ai pris l'habitude de l'appeler l'Autre.

Il m'a dit :

« Tu m'en veux pas ? »

J'ai dit :

« De quoi ? »

Il a dit :

« Ben, de t'avoir raconté des blagues. »

J'ai dit :

« Mais non, je t'en veux pas. » (mais je devais lui mentir un peu.)

Il m'a dit :

« Alors pourquoi tu penses à autre chose quand tu me parles en ce moment ? »

Je me suis remise à pleurer et j'ai dit :

« C'est trop compliqué pour moi, tout ça – il faut que je raccroche. »

Il a dit :

« Si tu veux. Me laisse pas tomber, je t'en prie, et si t'as envie, viens me voir. »

On a raccroché et c'est vrai que j'étais dans un drôle d'état. Après le coup de l'Injustice, je me retrouvais dans un autre plan, le plan déception, le plan je comprends plus rien, le plan tout le monde n'est pas comme je croyais que tout le monde était. J'avais tellement cru à la transmission des pensées par téléphone qui parle pas que j'en voulais un peu à l'Autre d'avoir frimé et de m'avoir menée en bateau. C'était comme une déception que j'avais dans mon cœur mais je ne pouvais pas lui en vouloir très longtemps parce que je comprends fort bien que si on reste toute la journée dans sa chambre, dans une chaise, on va inventer n'importe quoi et on va devenir un peu fêlé. Moi je suis pas atteinte de paralysie, je suis toujours à la limite du n'importe quoi et du fêlé, alors…

J'ai essuyé mes larmes et je me suis aperçue qu'il y avait deux heures qui avaient passé et j'avais loupé le début de mes cours de l'après-midi et que, techniquement parlant, j'étais en train de sécher, même si j'en avais pas eu l'intention. Quand j'avais coursé Nicole pour la rattraper, c'était à la sortie, il devait être midi et demi ou une heure je ne sais plus en tout cas c'était l'heure de l'arrêt et après, avec papa, et après avec l'Autre au téléphone, j'ai pas vu le temps passer et j'ai même pas déjeuné, d'habitude je rentre déjeuner et je mange un yaourt et du jambon et quelquefois les Ignobles Raviolis et après je repars pour les cours de l'après-midi, mais là, j'avais pas mangé. Et maintenant qu'il était passé deux heures et que j'avais pas mangé, et que j'avais loupé la reprise des classes, j'avais plus envie de repartir. J'étais au plus bas. Moral et physique à zéro. Garfunkel me regardait en se demandant comment je pouvais être aussi basse. Je suis alors restée dans ma chambre et j'ai rien fait pendant très longtemps, je me sentais toute Vide.

Et puis j'ai entendu la clef de la porte d'entrée qui faisait cric-crac cric-crac dans la serrure et j'ai reconnu les pas de maman. Il y avait quelqu'un d'autre avec elle.

23

Je n'ai pas bougé de ma chambre. J'attendais que ma mère ouvre ma porte sans prévenir comme elle le fait toujours ou bien qu'elle m'appelle mais il ne s'est rien passé. J'ai vite compris pourquoi, parce que à cette heure-ci de la journée, ma mère croyait dur comme fer que j'étais en classe.

Alors je suis restée sur mon lit avec Garfunkel à côté de moi, il avait dressé les oreilles et il était comme moi, on écoutait ce qui se passait.

Elle avait l'air vachement joyeuse pour une fois ma mère, je l'avais pas entendue depuis longtemps comme ça, elle rigolait elle chantonnait, même ses pas que je trouve toujours traînards et lourds, je les reconnais tout de suite c'est des pas de Femme Qui En a Marre, ils avaient plus le même ton, ils étaient tout légers, elle allait vite comme si elle était pieds nus en train de faire la course sur une plage de sable avec du soleil autour d'elle. Elle parlait à quelqu'un mais j'entendais pas bien ce qu'elle disait parce que, entre sa chambre et ma chambre il y a tout le couloir salon salle à manger avec tous les meubles modernes blancs à la mode ridicules, et en plus elle avait mis de la musique mais fort vraiment fort, comme si elle en avait vraiment rien à faire des voisins. Je l'ai entendue passer plusieurs fois devant ma porte pour aller à la cuisine, j'entendais qu'elle ouvrait la porte du Frigidaire, j'entendais des bruits de verres et des glaces et des bouteilles et puis elle revenait et puis elle riait elle avait l'air un peu énervée excitée, pas énervée en colère, et puis la musique a baissé, j'ai cru entendre des portes qui se fermaient et puis j'ai rien entendu ou presque.

J'ai attendu, je ne savais pas quoi faire parce que si j'allais la voir dans sa chambre et si je me montrais, à tous les coups je me faisais engueuler pour ne pas être en classe. Mais si je restais, ça serait pareil elle finirait par me repérer. En plus, j'avais faim.

J'ai eu envie d'aller me faire un sandwich à la cuisine et je me suis dit que, après, je partirais de la maison je sais pas où moi, pour attendre que le temps passe et que je revienne à l'heure normale comme si j'avais pas séché les cours, parce que j'avais l'impression que ma mère elle était là pour de bon, et qu'elle allait pas repartir et qu'elle s'attendrait à me voir à la sortie du cours. J'ai ouvert la porte et dans le salon salle à manger, sur le canapé blanc, il y avait son manteau de fourrure qu'était posé n'importe comment, pas rangé je veux dire, et il y avait ses chaussures à talons qui sont très hauts parce que c'est une Naine ma mère elle met des talons aiguille très très hauts, à mon avis ça fait 25 centimètres, et les chaussures elles étaient aussi disposées n'importe comment sur la moquette et à côté de ses chaussures à elle, il y avait des chaussures d'homme et il y avait aussi un manteau d'homme sur un des fauteuils, un manteau comme en caramel ou en couleur beurre ils appellent ça du poil de chameau je crois, comme les manteaux des amis de mon père qui ont tous des Mercedes et qui vont toujours à Deauville pour jouer aux cartes ou aux courses ou parler de cul et d'argent en tournant le dos à la mer. La musique, y en avait plus, c'était même plutôt drôlement silencieux tout d'un coup et ça m'a fait un peu peur, je ne sais pas pourquoi.

Évidemment, on devrait jamais faire des choses comme ce que j'ai fait, parce que après j'aurais plus jamais le droit de dire que les vieux sont des hypocrites et que nous on est moins frimants qu'eux et qu'ils sont des dégueux et pas nous – mais j'ai quand même essayé de savoir ce qui se passait et je suis allée écouter à la porte de la chambre à coucher de mes parents, il paraît qu'il faut jamais faire ça, je le fais rarement, j'ai dû le faire en tout trois fois dans ma vie. Les deux premières fois c'était parce que je voulais entendre ce qu'ils disaient à mon sujet parce que j'avais eu des très très mauvaises notes en contrôle et mes parents parlaient encore une fois de m'envoyer en pension. J'avais rien entendu parce que ils ont une double porte dans leur chambre et comme il y a de la moquette et des rideaux de fourrure et des machins partout qui étouffent tous les bruits, j'avais rien pu savoir. De toute façon, ils ne m'ont pas envoyée en pension.

Mais cette fois-ci, c'était pas pareil, j'écoutais aux portes parce que je trouvais ça quand même bizarre que ma mère elle vienne à la maison avec quelqu'un d'autre justement comme par hasard quelques heures après que mon père il parte pour les États-Unis en Amérique avec son associé. Alors j'ai écouté mais j'ai rien entendu. J'entendais tellement rien que je trouvais ça encore plus bizarre. Qu'est-ce qu'elle pouvait faire de l'autre côté ?

J'ai laissé béton et je suis allée à la cuisine avec Garfunkel. Je lui ai donné trois cuillers de Wiskas (au cœur de volaille) et je me suis fait un super sandwich trois épaisseurs aux cornichons et au chocolat avec un peu de moutarde sur seulement un des deux côtés du sandwich et avec une tomate coupée en deux par-dessus le tout, après je presse très fort, comme ça le jus de tomate rentre dans la mie du pain et c'est drôlement bon. J'ai bu un grand verre de lait avec de l'Ovomaltine dedans et comme j'avais encore faim, je me suis refait un deuxième sandwich aussi gros que le premier. Mais comme il restait plus de cornichons ni de chocolat dans le garde à manger, j'ai fait uniquement de la moutarde sur de la tomate. Je ne sais pas pourquoi j'avais faim comme ça, je cherche toujours à savoir pourquoi j'ai faim ou soif ou j'ai pas sommeil et envie de pleurer avec le cœur dans la gorge, mais là je crois bien que j'ai trouvé, j'avais faim parce que j'avais peur.

J'avais peur de savoir ce qui se passait de l'autre côté de l'appartement et j'espérais qu'il se passe rien et même que ma mère arrive et qu'elle m'engueule parce que j'étais pas en classe. Mais elle venait toujours pas et je me disais, mon Dieu mon Dieu faites qu'il se passe quelque chose de pas dramatique et de pas anormal et que ça soit pas affreux et faites que je me fasse engueuler comme d'habitude et que ça aille pas plus loin. Et pendant que je priais, je continuais de manger mon sandwich et de boire du lait mais je pouvais quand même pas continuer à manger comme ça tout l'après-midi, d'ailleurs je commençais à avoir envie de vomir.

(Je prie jamais en fait, ça doit m'arriver une fois par an à mon avis, et quand ça m'arrive c'est toujours parce que je voudrais un truc impossible mais ça sert à rien de prier. Dieu, il est pas uniquement là pour écouter les filles comme moi qui veulent que des trucs impossibles arrivent, sinon ça serait vraiment trop facile. À chaque fois qu'on aurait un souci, on ferait une petite prière et Dieu effacerait le souci, il faut être taré débile pour croire que ça peut se passer comme ça et quand je suis très raisonnable et très calme et que je pense à ça, je sais bien que ça sert à rien de prier ! N'empêche, j'ai pas pu m'empêcher, parce que j'étais trop angoissée.)

Ce qui m'angoissait c'était que l'appartement tout d'un coup c'était comme une maison fantôme, aucun bruit mais en plein jour, et je savais pourtant qu'il se passait des choses à l'autre bout et j'osais pas quitter la cuisine et comme Garfunkel comprend tout ce qui se passe dans ma tête, il faisait comme moi, il s'était fait tout petit dans un coin, il attendait sur ses quatre pattes les oreilles toutes droites, on était pas fiers tous les deux et je ne sais pas combien de temps ça a duré et je ne sais pas si c'est Garfunkel ou moi qui a parlé mais de toute façon il y en a un de nous deux qui a dit :

« Y en a marre. »

J'ai eu moins mal au cœur, je me suis sentie toute nue et toute raide d'un seul coup, pas dépouillée ou déchirée ou déchiquetée comme d'habitude mais peut-être plutôt toute froide et je me suis regardée et je me suis dit : il faut qu'Elle aille voir.

Alors je me suis relevée et je suis repartie avec Garfunkel, on a retraversé le salon et la salle à manger avec toujours les chaussures et les manteaux partout n'importe comment, et après avoir attendu devant la porte et avoir hésité pendant longtemps, j'ai ouvert la porte de la chambre de mes parents mais doucement, en tournant la poignée très très doucement comme quand je fais tard dans la nuit quand j'arrive pas à dormir et que je quitte ma chambre à coucher pour aller aux toilettes. La poignée de mes parents, elle fait toujours un tout petit bruit. Dans la chambre, il y avait personne à part que le lit était très mal fait et qu'il y avait des vêtements partout sur la moquette et au fond de la chambre on voyait que la porte de la salle de bain était presque ouverte, j'ai entendu l'eau qui coulait et ma mère qui chantonnait comme au début quand elle était arrivée. J'ai pas osé avancer dans cette chambre mais j'ai regardé un peu mieux et plus je regardais plus j'étais dégoûtée par ce que je voyais par terre, la robe de ma mère, ses bas, une paire de pantalons que j'avais jamais vus, une chemise jaune, une cravate marron, je trouvais ça affreux et vulgaire. Dans toute la chambre, il y avait une odeur comme des fleurs fanées, un peu écœurant, et pourtant j'ai vu des fleurs nulle part, il y avait que les verres et une bouteille qui étaient sur la moquette comme les vêtements. J'ai entendu ma mère qui a dit à un moment :

« Arrête arrête je t'en prie, tu vas nous épuiser ! »

Elle a eu un fou rire comme les filles dans la cour quand elles se racontent un secret dans l'oreille et tout le monde rit en faisant semblant de ne pas rire. J'ai eu un frisson.

Alors je suis repartie sur la pointe des pieds et comme je voulais surtout pas qu'elle m'entende, j'ai pas fermé complètement la poignée pour pas faire un seul petit bruit avec, mais j'avais oublié Garfunkel, il était tout le temps entre mes jambes et d'un seul coup il est parti à toute allure, vitesse fusée, en direction de la salle de bain de ma mère, alors j'ai couru vers la cuisine en sens contraire mais j'ai entendu maman crier avec une voix aiguë et pas du tout la même voix qu'elle avait depuis le début, sa voix colère :

« Mais qu'est-ce qu'il fout là celui-là ? D'où il sort ? »

Moi, je me suis assise à la table de la cuisine et j'ai pas bougé, devant mon verre de lait vide. J'ai entendu des portes claquer et ma mère qui arrivait au galop, ça faisait boum boum boum boum sur le sol. Elle est entrée dans la cuisine toute décoiffée avec des yeux tout noirs même s'ils sont bleus et quand elle a vu que j'étais là, elle m'a dit :

« Qu'est-ce que tu fous ici Stéphanie ? »

Elle s'est précipitée sur moi, elle m'a prise avec ses deux mains et elle m'a forcée à descendre de ma chaise, elle était comme une folle, j'ai cru qu'elle voulait me battre et comme je répondais rien, elle s'est arrêtée d'un seul coup et elle m'a lâchée alors, elle a baissé sa voix, très glacée et très sang-froid, et elle a recommencé avec presque la même question :

« Et d'abord qu'est-ce que tu fous là à cette heure-ci ? »

Elle a mis ses mains sur ses hanches, elle avait les poings fermés et elle avait les jambes écartées, elle avait un peignoir de mon père sur le dos, à mon avis elle était toute nue quand Garfunkel est arrivé dans ses pattes et elle avait pris ce qu'elle trouvait pour se le mettre sur le dos et pour courir jusqu'à la cuisine, elle s'est bien mise devant moi et elle m'a regardée en roulant les yeux mais moi tout d'un coup j'avais plus peur du tout, j'avais peur de rien. Maintenant, j'étais autrement. Je sentais que j'aurais pu lui donner un coup de poing dans le ventre si elle s'était approchée de moi. Elle a pas dû voir ça dans mes yeux parce qu'à mon avis elle était trop occupée dans sa tête à se demander si j'avais vu quelque chose dans sa chambre et à se demander ce que faisait le bonhomme pendant ce temps-là dans la chambre et à se demander qui allait gagner dans cette bataille. Elle s'occupait trop de ce qu'il y avait dans sa tête et pas assez de ce qu'il y avait dans mon cœur. Pour le bonhomme, on a été vite fixées parce qu'on a entendu toutes les deux la porte d'entrée qui claquait et on a pas bougé toutes les deux. Elle a serré les dents quand même, parce que ça ne devait pas lui faire très plaisir qu'il s'en aille le type – mais elle a pas lâché son regard sur le mien et elle m'a dit :

« Est-ce que tu veux bien m'expliquer pour quelle raison tu n'es pas à l'école comme toutes les filles de ton âge à cette heure ? »

Je lui ai répondu :

« Tu veux peut-être qu'on appelle papa à New York pour en parler avec lui ? »

Ça l'a jetée. Elle a rien dit. Moi, j'aurais voulu la frapper.

J'étais folle furieuse contre elle, mais elle le savait pas et moi je n'ai pas compris tout de suite ce qui m'arrivait.

24

Moi, je suis beaucoup plus balèze que mes copines croient.

Sous prétexte que je suis toute grande et toute mince avec mes cheveux filasse et ma poitrine qui tombe comme des bananes séchées, on pourrait croire que je suis une mauviette et comme en plus je suis dispensée de gym, personne peut croire que je suis un mec drôlement coriace. En fait, je suis vachement costaud. Un jour il y avait un garçon qui m'énervait vraiment trop, il faisait rien que m'embêter en m'appelant Stépanouille et en répétant nouille nouille nouille. Il tournait autour de moi dans le couloir après la classe d'anglais, je ne sais pas ce qui m'a pris je me suis avancée et je lui ai filé un coup de poing dans le ventre de toutes mes forces, ça l'a plié en deux.

Il s'appelle Sylvain Mercier, il a mis plusieurs jours à s'en remettre, à mon avis il marche même plié en deux depuis ce jour-là, il s'est jamais vraiment redressé, c'est même pas sûr qu'il y arrive un jour. Peut-être qu'il lui faudra marcher avec une canne à partir de l'âge de vingt ans. Il a encore la chance que je lui aie pas mis mon coup de poing dans la figure parce qu'alors il pouvait tout de suite s'inscrire pour le concours de l'Homme Le Plus Laid du Monde, il gagnerait sans difficulté tellement je lui aurais cassé sa figure en deux.

Ça m'arrive jamais de me mettre dans cet état-là. Je sais pas ce qui me prend dans ces cas-là mais je peux pas me retenir, heureusement que ça m'arrive jamais.

Avec ma mère, ça a failli m'arriver. C'est ça qu'on doit appeler la rage, j'étais folle de rage contre elle et j'aurais voulu me battre avec elle et lui faire mal parce que ça m'avait fait mal tout ça et parce que je lui en voulais vraiment terriblement. Alors il était pas question qu'elle me fasse peur ou qu'elle essaie de me gifler et quand j'ai parlé de téléphoner à mon père, elle a pris ça plutôt mal et j'ai bien vu qu'elle commençait à se poser des questions.

Elle a dit :

« Comment que tu sais que ton père est parti d'abord ? Tu lui as parlé ? »

J'ai dit :

« Figure-toi qu'il est revenu ici faire sa valise à l'heure du déjeuner et j'étais rentrée de classe pour déjeuner, alors on a parlé. »

Elle a dit :

« Ah bon, et de quoi ? »

J'ai dit :

« Rien de spécial. »

Elle a dit :

« Tout ça me dit pas pourquoi t'es pas en classe comme toutes les filles de ton âge. Si tu crois que tu vas t'en tirer comme ça ma vieille, tu te trompes. »

J'ai ri doucement et j'ai dit :

« Je crois que c'est pas ça qui est très important en ce moment, maman. »

Elle a retiré ses poings de ses hanches et elle a fermé le peignoir sur elle, parce qu'il s'ouvrait de partout et elle s'est assise. Elle m'a fait signe de m'asseoir et j'ai fait non avec la tête.

Elle a dit :

« Stéphanie assieds-toi. »

J'ai dit :

« J'ai pas envie. »

Quand on commence à s'asseoir avec quelqu'un qui est déjà assis, ça veut dire qu'on va discuter et qu'on va finir par se faire avoir et par se réconcilier, je connais ce plan-là on me l'a déjà fait. À chaque fois, je me suis fait avoir. Alors maintenant, je connais.

Elle a dit :

« Veux-tu t'asseoir ! »

Elle criait un peu. J'ai dit :

« J'ai pas envie. Je t'ai déjà dit. »

Elle a dit :

« Pourquoi ? »

J'ai dit :

« Parce que. »

Elle a dit :

« Parce que quoi ? »

J'ai répondu :

« Parce que. »

Ça, c'est des choses qui peuvent durer des fois une demi-heure, moi je suis très forte pour le « pourquoi-parce que, parce que quoi-parce que ». D'habitude ça dure très longtemps mais là avec maman, elle a pas insisté. Elle s'est relevée. Du coup, elle avait l'air plus remontée comme quand elle était entrée dans la cuisine. Peut-être qu'elle préférait ça, la bagarre, être debout avec moi et se battre avec moi. D'ailleurs elle a rigolé mais pas rigolé rigolo, elle a rigolé méchant :

« Eh bien si c'est comme ça, si tu veux jouer à ce jeu-là, je peux rester debout moi aussi, tu sais. »

Je me demandais quand elle allait me faire le plan de Oh mon Dieu j'ai mon cœur qui me fait mal tu veux ma mort, mais c'est curieux pendant toute la discussion elle a jamais essayé ce plan-là, peut-être qu'elle le faisait seulement avec des gens de son âge, avec ce bonhomme ou avec mon père, parce qu'avec moi ça n'aurait pas marché et elle avait dû s'en rendre compte quand même, ce qui prouve qu'elle est beaucoup plus maline qu'on croit, ma mère, et qu'il faut toujours se méfier quand on est en bagarre avec elle, parce qu'on connaît jamais vraiment exactement sa tactique. Elle change tout le temps. Moi, j'étais super-froide et toujours super-folle de rage à l'intérieur de moi parce que je lui en voulais tellement, tellement ! Qu'elle pouvait absolument pas m'avoir avec aucun de ses plans.

Elle a dit :

« Alors explique-moi ce que tu fais ici maintenant – et si tu crois que je vais te faire un mot d'excuses pour le lycée demain, tu peux toujours courir, si tu as un avertissement ou si on te renvoie, ce sera tant pis pour toi ma vieille, cette fois-ci t'y couperas pas de la pension. »

J'ai dit :

« D'abord, au lycée, ils renvoient pas pour une absence injustifiée, sauf s'il y en a déjà eu trois ou quatre, ce qui n'est pas mon cas. Ensuite, ça me serait complètement égal si on me renvoyait, si tu savais ce que je peux m'en foutre du lycée. Et puis tu peux toujours essayer de m'envoyer en pension, faudra d'abord qu'on explique pourquoi t'as décidé de m'envoyer et qu'on l'explique à papa. Alors là on va rigoler quand il va rentrer. »

Elle a dit :

« Non mais, tu veux une gifle ? »

J'ai dit :

« Je te conseille pas d'essayer, maman. Je suis plus costaud que toi. » (D'ailleurs, c'est vrai que maintenant je suis plus grande qu'elle.)

Ça l'a carrément flinguée, elle est restée la bouche ouverte et elle a levé les deux bras et les deux mains au bout de ses deux bras en l'air comme si elle parlait au plafond de la cuisine et elle a dit au plafond :

« In-croy-able ! Je crois *rêver* ! Ma fille me menace ! On aura vraiment tout vu tout vu mais vraiment *tout* ! »

Et elle faisait semblant de se marrer, mais elle se marrait pas du tout en fait, parce qu'elle n'avait rien à dire et tout ça c'était du tourne en rond, du je détourne la conversation, du on parle autour de ce qui est important mais on rentre jamais dans le vif du sujet, ce qui est un truc absolument typique de mes parents. Ça, mon père aussi le fait tout le temps, il me l'avait fait d'ailleurs déjà dans la cuisine, c'est drôle c'était aussi dans la cuisine, il y a déjà quelque temps, je l'ai raconté dans ce cahier. Moi j'en avais marre, parce que moi j'avais vraiment envie d'y aller dans le vif du sujet, et je pouvais plus me retenir.

Alors j'ai pris mon souffle et j'ai dit :

« Maman je trouve que c'est absolument dégoûtant ce que tu as fait, j'ai tout compris et c'est *ignoble* infect affreux dégoûtant, je suis écœurée, tu devrais avoir honte de toi j'ai plus rien à te dire on a plus rien à se dire et je veux plus te voir, je fiche le camp d'ici maintenant et je reviendrai quand j'en aurai envie parce que si tu fais quelque chose contre moi je raconterai tout à papa. Et même si je veux, je peux aller tout de suite à son bureau ils me donneront son téléphone en Amérique aux États-Unis et je l'appellerai et je lui raconterai tout mais je vais même pas le faire t'inquiète pas tu me dégoûtes trop. Ce que je vais faire c'est que je m'en vais d'ici et je reviendrai quand j'en aurai envie voilà ! Et tu peux rien faire pour m'en empêcher maintenant plus rien, parce que sinon moi je dirai tout à tout le monde ! »

Ça m'avait essoufflée de dire tout ça mais ça m'avait soulagée aussi et en même temps ça m'a fait peur, parce que je sentais plus du tout ma rage, elle était déjà partie, j'étais toute vidée, et puis de toute façon je me suis dit d'un seul coup, mais maintenant que je lui ai tout dit, qu'est-ce qu'elle va faire, elle ?

Elle m'a regardée sans rien dire, elle crânait, avec la tête en arrière et en me regardant avec son air méprisant comme si tout ça lui faisait rien du tout. Elle a attendu. Elle avait l'air de réfléchir à ce qu'elle pouvait me répondre. Mais elle continuait de se marrer. Et puis elle a dit :

« T'as compris quoi exactement ma pauvre petite fille chérie ? Qu'est-ce que tu peux comprendre, hein ? Tu crois qu'il se gêne, de son côté, ton père ? Tu crois qu'il prend des gants avec moi ? »

Alors là j'ai pas voulu entendre, je voulais vraiment pas savoir, et je me suis bouché les oreilles très fort avec mes deux poings et j'ai crié très très pointu comme un lapin qu'on égorge – sauf que j'ai jamais entendu les lapins quand on les égorge, peut-être même qu'ils crient pas du tout et qu'ils se laissent tuer en silence les pauvres, c'est simplement pour dire que j'ai crié très perçant et mortellement, quoi.

Je voulais surtout pas entendre ce qu'elle voulait me dire sur papa, surtout pas. Elle ouvrait la bouche mais j'entendais pas, je voyais ses lèvres qui remuaient, alors j'ai même fermé les yeux, comme ça au moins je la voyais même plus, mais quand on fait des trucs comme ça, qu'on se bouche les oreilles qu'on crie qu'on ferme les yeux et quand on fait pas exprès c'est bien plus fort encore que le coup de l'évanouissement ça, ça rate pas, on s'évanouit pour de vrai. C'est ce qui m'est arrivé, je suis tombée. Je me suis retrouvée par terre sur le lino de la cuisine.

Quand je me suis remise en ordre, j'ai d'abord pensé que je m'évanouissais beaucoup trop souvent depuis quelques mois et qu'il devait y avoir quelque chose de pas normal dans mon corps, peut-être qu'il me manquait du fer ou du charbon ou du soufre ou du sulfate ou du manganèse ou je ne sais pas quel truc qu'ils mettent dans les vitamines. Maman était penchée à côté de moi, elle me caressait les cheveux et elle me donnait des petites gifles avec sa main sur les deux joues et elle me disait :

« Oh ma pauvre petite fille ma petite chérie, mon petit amour, oh ma grande fille qui est malade que sa maman va bien la soigner. »

Et moi je l'écoutais et j'attendais qu'elle me dise ce qu'elle me dit jamais, jamais, jamais. C'est-à-dire qu'elle me dise qu'elle m'aime, et qu'elle me le dise pour de vrai avec le vrai ton dans la voix, pas comme quand on le dit en rigolant comme quand on dirait bonjour, qu'elle me le dise pour de vrai parce que c'était vraiment le moment de me le dire. Mais avec elle on dirait que c'est deux mots qu'elle est pas cap'de prononcer, elle a continué comme ça pendant un moment, mais je lui ai dit :

« S'il te plaît maman, je voudrais être seule, laisse-moi tranquille maintenant, s'il te plaît. »

Toute ma colère était sortie d'un seul coup et je me sentais Vide, mais le vrai Vide, celui que j'ai vu déjà entre le ciel et nous, celui qui m'inquiète.

Elle s'est levée et moi aussi. Elle m'a tendu un verre d'eau. Je ne sais pas pourquoi les gens vous donnent toujours un verre d'eau quand on s'évanouit, moi je pense qu'on devrait plutôt vous donner un verre de sang, du sang bien rouge et bien neuf parce que ça au moins ça peut vous faire du bien. J'ai quand même bu le verre et j'étais crevée et je suis partie pour aller dans ma chambre et ma mère m'a accompagnée en me demandant si j'allais bien et si je voulais qu'elle appelle un docteur. Ça encore, ça m'a sciée, pourquoi elle me demandait mon avis, si elle trouvait que j'allais pas bien, elle avait qu'à prendre la décision de l'appeler, le docteur, c'était quand même pas à moi à lui dire, non ? J'avais jamais que treize ans allant sur mes quatorze, pourquoi il faut qu'on décide de ce genre de choses à la place des parents maintenant, c'est nouveau ça. Surtout que des docteurs, mes parents ils en connaissent, ils connaissent même que ça. Des dentistes, des gynécolomachins, des stomatomachins, des othorinomachins, des dermatomachins et même des rumathologicomachins – ils connaissent que ça, ça et les marchands de fringues comme mon père. C'est les deux seuls métiers qu'ils fréquentent mes parents, s'il y a une chose certaine c'est que c'est pas grâce à eux ni chez eux que je rencontrerai un jour un chef d'orchestre de musique classique, ça c'est sûr. Mutti ou Beethoven, c'est pas tout à fait leurs relations.

Pour qu'elle me parle plus de docteur, pour qu'elle me parle plus du tout, je lui ai dit que je me sentais pas bien, ce qui était d'ailleurs la stricte vérité absolue, et que je voulais me mettre au lit, et je me suis mise au lit tout de suite en enlevant seulement mon jean et mes mocs et mon pull et j'ai vite fermé les yeux. Elle s'est assise à côté de moi. Elle a dit :

« Je vais te veiller ma petite chérie, je me suis pas beaucoup occupée de toi ces temps-ci mais je ne te quitte plus maintenant crois-moi, je vais te veiller jusqu'à ce que tu ailles bien, tu es ma grande fille que sa maman va bien soigner. »

Elle arrêtait pas de me dire des cucugnateries comme ça, elle les chantait presque comme une berceuse pour les bébés, et ça m'énervait, alors j'ai fait Chut ! très fort et je me suis retournée de l'autre côté du lit du côté du mur et j'ai tellement fait semblant de dormir que j'ai fini par m'endormir.

Peut-être bien que ça m'avait vraiment destroy toute cette histoire, peut-être bien que j'avais trop souffert en une seule journée. Après tout ça avait commencé avec l'incident de l'Injustice – l'incident Xavier Ducasse – puis avec mon père qui m'avait en fait un peu laissée béton en parlant et avec son coup de fil à la censco qui avait rien donné – et puis le coup de fil avec l'Autre qui m'avait perturbée quand même et puis cette affaire-là par-dessus le marché, ma découverte que ma mère elle couchait sans doute avec un autre bonhomme dès que mon père avait le dos tourné, tout ça, et le fait que ma mère elle me dise que mon père certainement il en faisait autant, ça m'avait pas reposée, ça m'avait même fait comme si j'étais plus la fille que j'étais la veille. La Stéphanie de la veille, elle était morte, j'étais quelqu'un d'autre. Le Quelqu'un D'Autre s'est endormi.

25

Dormir l'après-midi, quand on est pas vraiment malade et la première chose qu'on fait quand on se réveille c'est savoir que toutes les copines sont encore en cours, c'est franchement pas désagréable. J'avais pas fait ça depuis longtemps et ce qui m'a surprise, c'est que je me suis endormie aussi vite, à mon avis c'est aussi parce que mon corps est tellement fatigué puisque je grandis tout le temps, j'ai tout le temps mal dans les jambes par exemple et c'est normal que je dorme comme ça un bon coup en pleine journée. Ça pouvait pas me faire de mal.

Quand je me suis réveillée, ma mère n'était plus dans ma chambre. Il y avait que Garfunkel qui s'était mis au bout de mon lit à mes pieds qui dormait lui aussi, il déteste les cris et les discussions, il devait être aussi crevé que moi, peut-être plus, même, puisqu'il est plus vieux que moi. Je l'ai réveillé doucement en remuant mes pieds sous la couverture et en jouant avec son ventre sous mes pieds, il adore ça, et je lui ai dit :

« Réveille-toi Garfunkel, réveille-toi, on va partir en voyage. »

Il a ronronné deux ou trois fois puis il s'est étiré et il m'a dit :

« Où que tu crois que tu peux aller ma pauvre vieille ? »

Ça m'avait échappé avec tous les événements qui m'étaient arrivés depuis quelque temps, mais Garfunkel et moi maintenant on se parlait comme des êtres humains normaux. Je me suis rappelé qu'il m'avait demandé si j'allais bien quand je m'étais évanouie dans les toilettes quelques jours plus tôt. Sur le coup, j'avais pas fait attention, parce qu'à ce moment-là j'étais préoccupée dans ma tête pour essayer de découvrir devant ma glace qui j'étais et ce que j'avais. Mais maintenant on se parlait normalement, je trouvais ça très normal. (Je devais vraiment être fêlée !)

Alors je lui ai dit :

« T'as raison, où est-ce que je vais aller ? »

J'avais bien réfléchi que je ne pouvais plus rester ici, en tout cas pas aujourd'hui et pas tant que mon père était pas rentré de voyage, et qu'après ce qu'on s'était dit avec ma mère, je pouvais absolument plus rester seule avec elle et que c'était normal que je fasse ma deuxième fugue, si je la faisais pas, j'étais vraiment au-dessous de tout, je me décevrais moi-même.

Mais après, j'ai commencé à faire une liste rapidement dans ma tête, la Liste des Gens ou des Endroits chez qui je pourrais fuguer.

Je me suis aperçue que c'était pas génial, et que j'avais pas tellement de solutions. Fuguer c'est bien gentil mais il faut quand même savoir où on veut aller.

Aller chez Sophie, Valérie, Nathalie, Julie, pas question. Parce qu'il y en a deux qui sont divorcés – je veux dire leurs parents – c'est pas la peine d'essayer j'ai remarqué que les enfants de divorcés ils veulent pas avoir des salades avec les parents des autres, ils doivent en avoir déjà assez vu et assez eu comme ça. Mes deux autres copines, elles et leurs parents, ils font partie des Gens Heureux et dans ce cas-là jamais ils me prendront chez eux sans vérifier d'abord chez moi si c'est d'accord. Les Gens Heureux, ils vérifient toujours tout avec les autres parents. Ils ont des Principes Absolus de Base de Vie.

Aller chez Fleur, pareil, son père, c'est quelqu'un de responsable. Il m'a déjà fait le coup une fois.

Aller dans les galeries des halles ou aux Quatre Temps à La Défense, ou aux Champs-Elysées, et coucher sur les sacs de couchage des punks, j'en ai vu qui ont à peu près mon âge et qui font ça, mais ça m'attirait et ça m'emballait vraiment pas, d'abord parce que je risquais de me faire violer, et franchement c'était pas le jour.

Aller chez Nicole, la prof de musique, peut-être que ça aurait pu marcher, mais je me suis aperçue que je savais même pas où elle habitait et je savais pas son nom de famille, je savais pas si elle était mariée ou quoi ou rien.

Aller sur la route et sortir de Paris et faire du stop, d'accord ça j'en étais cap, mais j'irais où après ? Je connaissais personne ni au sud ou au nord ou à l'est ou à l'ouest de la France et puis c'était l'hiver il faisait pas chaud dehors, et j'ai réfléchi que j'avais presque pas d'argent sur moi et que d'habitude c'est ma mère qui me le donne quand j'en ai plus, j'allais quand même pas lui en demander après tout ce qu'on s'était dit, j'allais quand même pas la voir et lui dire : maman j'ai besoin d'argent pour faire une fugue.

Évidemment le mieux c'était d'aller en Amérique aux États-Unis, pas forcément pour retrouver mon père, puisque je savais même pas où il était, mais pour aller tout de suite m'installer comme fermière avec mon associée, mais j'avais pas assez d'argent pour prendre le billet. J'avais déjà lu une histoire formidable dans le journal où un petit garçon vachement gonflé, il avait réussi à se faufiler dans un avion comme ça, il avait réussi à voler à travers tout le continent asiatique avant qu'on s'aperçoive de sa présence, il devait avoir onze ans, il était tout petit, mais moi je suis trop grande on me remarquerait tout de suite à la douane, on me ramènerait chez moi, scandale et hurlements, c'est ma mère qui serait ravie, ça lui permettrait de m'engueuler et de me donner une leçon, comme ça elle m'obligerait à oublier ce que je lui reprochais. Non non, mauvaise idée.

Fin de la liste. C'était pas génial.

Je me suis quand même levée de mon lit parce que je supportais pas de pas inventer un endroit où aller pour faire ma deuxième fugue. Je pensais qu'il fallait au moins que je sorte un peu de chez moi.

Alors j'ai pris mon sac U. S. là où je mets mes livres, j'ai mis un tee-shirt et une culotte, une chemise et un pull et mon pyjama et une brosse à dents et du dentifrice, j'ai mis mes cahiers, ceux où j'écris ce qui m'arrive, et j'ai mis ma cassette de la *Pastorale* de Beethoven. Tout ça je l'ai mis dans le fond du sac avec les vêtements, j'ai même mis aussi une grande paire de chaussettes Burlington, des longues et des bleues, et j'ai installé tout ça pour pouvoir y poser Garfunkel au milieu, pour que ça lui fasse comme si c'était un petit panier, comme une petite maison. Je me suis habillée et j'ai ouvert la porte pour voir où était passée ma mère. J'entendais rien et je suis allée à la cuisine et il y avait personne. En revenant à ma chambre, je me suis aperçue qu'elle m'avait laissé un mot sur le pas de la porte, un papier sur la moquette dans le couloir, comme ça elle serait sûre que je la lise en ouvrant ma porte. Sur le papier il y avait écrit :

« Ma petite chérie, j'ai complètement oublié que j'avais un rendez-vous très important mais je reviens tout de suite, j'achèterai des pizzas en bas chez l'Italien, on va se faire un petit dîner en copines, alors attends-moi et sois bien sage, ta maman qui va bien s'occuper de toi. À très vite ! »

Pas gênée, ma mère. Elle faisait comme si de rien n'était et elle me laissait toute seule, en plus. Pas dégonflée. En plus, la seule chose qu'elle pouvait me promettre c'était des pizzas – chose que j'ai déjà expliqué que je déteste de manière absolue. En plus, « À très vite », c'est une expression que j'ai en horreur, c'est comme les gens qui parlent, les débiles qui présentent des chanteurs débiles à la télé, ils disent toujours des expressions comme ça pour avoir l'air intime et original.

J'ai pris Garfunkel et je l'ai mis dans mon sac U. S. Il avait pas l'air très content, il aime pas tellement sortir de chez lui, comme je savais pas encore combien de temps je m'en allais de chez moi, même si c'était que quelques heures, je me suis dit que j'allais quand même pas le laisser seul ici. En sortant dans la rue, j'ai compris que je pouvais pas partir seule nulle part et qu'on serait beaucoup plus forts si on était deux, alors j'ai décidé d'aller chez l'Autre pour lui demander de partir avec moi. En fait, c'était vraiment le seul endroit où je pouvais aller. Je l'avais pas mis dans ma liste, mais c'était vraiment chez l'Autre qu'il fallait que j'aille, c'était l'Autre qui avait vraiment de l'importance dans ma vie.

26

En arrivant chez l'Autre, j'avais mal dans le dos parce que Garfunkel il m'avait déjà agitée pendant tout le voyage, il râlait tout le temps, il m'avait griffée à travers le sac U. S. à travers mon imper, j'étais pas en super état de forme. J'avais réfléchi que Pablo devrait pas encore être rentré parce que ce jour-là on avait des cours jusqu'à très tard, il était encore tôt dans l'après-midi.

Comme je savais que l'Autre allait jamais ouvrir la porte d'entrée, je suis passée par l'arrière, j'ai lancé des cailloux sur la fenêtre, il est arrivé à la fenêtre dans sa petite chaise, j'ai vu son visage qui arrivait à la hauteur de la fenêtre, il m'a fait signe de monter par le petit mur, sa fenêtre à lui elle est pas haute, il l'a ouverte et je suis entrée avec mon sac U. S.

Il m'a dit :

« Qu'est-ce qui se passe ? T'es partie de chez toi ? »

J'ai dit :

« Comment t'as deviné ? »

Il m'a montré le sac U. S. avec la tête et les oreilles du pauvre Garfunkel qui en sortaient et il m'a dit :

« Si t'emmènes ton chat, c'est que c'est sérieux. »

Garfunkel est sorti du sac en courant et il s'est mis à tourner dans la grande chambre de Joël en reniflant partout comme il fait quand il sait pas où il est et qu'il aime pas ça. Il allait faire snif snif snif comme un vrai chien de chasse dans les coins sous les cassettes, sous les livres, sous les journaux, il avait l'air très inquiet et très paniqué parce qu'il savait pas où se mettre et je me suis dit que j'allais avoir des vrais problèmes avec Garfunkel, j'avais même pas emmené de Wiskas pour le nourrir, j'avais même pas emmené sa bassine pour faire caca et pipi et son sable, c'était bien parti comme organisation !

J'ai dit à Joël :

« Viens avec moi, on sera plus forts si on est deux. »

Il m'a dit :

« Mais où tu veux aller ? »

J'ai dit :

« C'est bien ça mon problème, c'est que je sais pas où. »

Il m'a dit :

« Pourquoi tu veux t'en aller ? »

Alors je lui ai tout raconté depuis le début, toute l'histoire avec ma mère, tout – j'ai même raconté l'histoire de l'Injustice que je lui avais déjà racontée au téléphone et j'ai même expliqué qu'il m'avait déçue avec ses histoires à lui quand il m'avait raconté qu'il frimait un peu. Enfin, je lui ai fait un vrai Résumé des Chapitres Précédents, quoi. Et puis je lui ai dit :

« Viens je t'aiderai, je pousserai ta petite voiture, on y arrivera tous les deux. »

Il m'a dit :

« Non non, je peux pas faire ça à mes parents, non. »

Il avait le visage tout fermé, il souriait pas comme il fait d'habitude quand il me parle et j'ai bien compris que j'arriverais pas à faire ma deuxième fugue avec lui, c'était trop dur, mais j'ai quand même recommencé. Je lui ai dit :

« Au moins essaie ! Tu m'as dit un jour que peut-être un jour tu pourrais remarcher, eh bien je suis sûre qu'à nous deux on peut y arriver ! Je suis sûre que si je te donne tous mes rayons et que tu les reçois bien, je suis sûre que je pourrai t'aider à te lever et si tu te lèves alors, ensemble on fera des choses mais vraiment des choses *incroyables* ! »

Mais il secouait la tête en faisant non, il avait l'air beaucoup plus triste que d'habitude. Il avait l'air d'attendre que j'aie fini pour pouvoir me dire des choses importantes. Moi, j'avais pas fini tout à fait :

« Je t'en supplie Joël, il faut que tu te lèves, je t'en supplie. Si on part ensemble, ça va t'obliger à marcher et tu le feras peut-être pas le premier jour mais je suis mortellement absolument sûre qu'on y arrivera ! »

Il m'a dit :

« Arrête de parler comme ça, ça va te servir à rien de fuguer, à rien, tu le dis toi-même, tu sais pas où aller. »

Je lui ai dit :

« Même si je fugue pas, j'ai envie que tu sortes d'ici au moins une fois avec moi. Viens avec moi, même si on va pas loin, on ira à deux. »

Je me rendais compte d'un seul coup que c'était pas la fugue qui comptait mais ce que j'avais envie, surtout, c'était de sortir avec lui, de l'emmener dehors, de lui montrer les choses, de lui donner la main dans la rue et de l'obliger à marcher avec moi. Mais il faisait non de la tête. Il avait l'air de plus en plus triste, il avait la figure toute blanche. Je lui ai dit :

« Mais qu'est-ce que t'as, t'es malade ? »

Il m'a dit :

« Je suis pas malade, mais ce qui me rend malade c'est que maintenant je vais être obligé de te dire la vérité. »

Alors, il m'a dit des choses qui ont changé toute ma vie, je crois. En tout cas, ça a beaucoup changé ma façon de voir les choses en ce moment et pour les années qui viennent, ça m'a même fait un coup terrible, c'était vraiment le coup des coups de la journée, celui-là. Il m'a dit :

« Je sais que mon petit frère te l'a vaguement raconté l'autre jour, mais il a pas précisé, seulement voilà : tu sais, moi, je guérirai jamais. C'est pas seulement ça, je sais que je vais sans doute mourir dans quatre ou cinq ans. Parce que tout ce que je t'ai raconté : la grève de la faim, mes parents qui ont honte, la polyneuropathie carentielle, tous ces machins, c'était de la blague ! Avec Pablo, on t'a caché la vraie vérité. La vérité, c'est que je suis atteint de quelque chose de beaucoup plus grave, c'est de la myopathie, et j'arriverai pas à passer l'âge de dix-huit ou vingt ans, c'est ça la vérité, moi je sais que je vais mourir très bientôt, tu vois, très bientôt. »

Je savais plus quoi lui dire. Je me suis assise par terre à côté de sa petite chaise roulante et j'ai eu envie de lui prendre la main. Il m'a laissée la prendre. Il avait pas fini de parler :

« Alors tu comprends, ma Stéphanie, tes histoires avec ta mère qui trompe ton père et peut-être que ton père il fait la même chose, c'est pas vraiment un Drame International, regarde-moi ce qui m'arrive, c'est quand même plus grave non ? alors il faut pas que tu te mettes dans tous ces états-là, il faut que tu prennes les choses en *perspective.* »

Je lui ai dit :

« Je comprends pas ce que tu veux dire, ça veut dire quoi ? »

Il m'a dit :

« Ça veut dire qu'il faut pas se tromper sur ce qui est *important dans la vie* et sur ce qui n'est pas important, et ce qu'il faut, c'est que tu te concentres pas sur les conneries et les petites saletés et les petites salades qu'ils font entre eux, les grands. Il faut que tu t'occupes de ta vie à toi, il faut que t'arrêtes de te plaindre, il faut que t'arrêtes de dire que t'es malheureuse et que tu fais pas partie des gens heureux comme tu les appelles, parce que t'en fais peut-être pas partie vraiment, mais t'es pas vraiment tellement à plaindre, il y a des millions de filles de ton âge dans ton cas, il y en a très peu dans le mien, je peux te dire ! »

Garfunkel avait l'air d'avoir trouvé un coin pour s'installer confortos près d'un tas de cassettes vidéo et j'avais l'impression que lui aussi il écoutait l'Autre, mais je crois pas qu'il comprenait tout quand même. Moi j'ai enlevé mon imper, je me suis rassise, je lui ai repris la main. Il m'a laissée la reprendre. Je pouvais rien dire, mais rien. D'ailleurs, il avait pas fini de parler :

« Si je t'ai raconté toute une frime au début moi et Pablo, c'est parce que c'est très dur de dire à quelqu'un qu'on connaît pas qu'on sait qu'on est malade-pas récupérable, et qu'on va mourir un jour. Des trucs comme ça, tu peux les dire qu'à quelqu'un que tu connais vraiment bien et que tu aimes vraiment beaucoup et qui a commencé à souffrir un peu de son côté. Alors, quand je t'ai vue arriver avec ton sac U. S. et ton chat dedans et que tu m'as raconté tes histoires et que tu veux fuguer et tout ça, maintenant je me suis dit je peux lui dire tout, mais en échange il faut que t'arrêtes de me demander de me lever parce que j'y arriverai jamais. Il faut que t'arrêtes de me demander de voyager avec toi parce que voyager, pour moi, c'est vraiment trop compliqué, c'est trop difficile. Mais c'est pas en fuguant que tu vas échapper à tous les problèmes que t'as en ce moment, tu sais, c'est pas en fuyant qu'on devient quelqu'un d'autre. C'est pas à l'extérieur de toi que tu vas trouver ton truc, c'est à l'intérieur. C'est pas sur la route en faisant du stop, c'est en fermant les yeux et en te regardant. Moi je fais ça tout le temps, tu sais, et j'y arrive, hein, enfin, j'essaie, quoi. On peut voyager dans sa chambre ou dans sa tête, tu sais, c'est aussi sidéral que de se taper la route. »

D'un seul coup, comme il venait de me parler de voyager au-dedans, j'avais qu'une envie très violente très forte, ça venait de m'arriver, je voulais faire un voyage intérieur avec lui, c'est-à-dire que je voulais lui faire partager la musique, ça m'a fait penser à la musique tout ce qu'il m'a dit, alors j'ai eu une envie folle d'aller au moins une fois au concert avec lui.

Et je lui ai dit : « Viens avec moi au concert, avec moi au moins une fois, je t'en supplie. »

Maintenant qu'il m'avait raconté tout ça, qu'il m'avait fait tellement confiance, moi je sentais que j'avais des vagues d'envie de partage avec lui bien plus encore qu'avec quelqu'un d'autre, je me disais que c'était peut-être ça, aimer quelqu'un.

Il m'a dit :

« J'aime pas sortir, vraiment. Il y a quelques années, mes parents ils ont essayé ils m'ont emmené un peu partout, ils faisaient des gros efforts tu sais, au concert au musée au foot, mais j'aime pas, c'est moi qui leur ai demandé de me laisser à la maison, je préfère ça. »

Je lui ai dit :

« Tu veux pas au moins une fois quand même, venir écouter de la musique, mais une musique Sidérale avec moi, ensemble ? »

Il m'a dit :

« De toute façon, il y aurait pas de concert qui m'intéresserait, en ce moment, tu sais, je lis tous les journaux, regarde-les, il y a rien d'intéressant en ce moment, c'est débilos et compagnie ! »

Je lui ai dit :

« Je te parle pas des concerts débilos pop rock à la mode à la con, moi je te parle de *vraie musique.* »

Il m'a montré les journaux, il y en a toujours des kilos et des kilos dans sa chambre avec des livres sur le plancher, avec les cassettes, avec toutes ses affaires au côté de la télévision et son installation stéréo. On s'est mis à regarder à la page où il y a des concerts et je voyais les noms de Mutti et de Beethoven nulle part, alors j'ai eu une meilleure idée et je lui ai dit :

« Attends ! attends ! Je vais te faire écouter quelque chose ! »

J'ai sorti la cassette de la *Pastorale* qu'était dans mon sac U. S. Je savais pas pourquoi je l'avais prise, au départ, cette cassette, quand j'avais quitté la maison, mais maintenant c'était Évident que c'était pour l'entendre avec lui. J'ai dit :

« Tiens, ça, c'est ça que je voudrais entendre avec toi. Est-ce que tu connais ça au moins ? »

Il a fait non de la tête et il a roulé vers son appareil stéréo, il a des appareils vachement modernes dans sa chambre, il s'est même fait poser récemment un petit mini-ordinateur, il joue tout le temps avec toute la journée – alors il a mis la cassette sur sa stéréo, il l'a mise en marche et il est revenu vers moi, je me suis remise à côté de lui, je lui ai repris la main et je lui ai dit :

« J'espère que tu l'as mis très fort la musique, comme ça on va pouvoir plonger dedans tout de suite ! »

On a écouté la cassette ensemble, main dans la main, très fort. Garfunkel, il a fermé les yeux et il écoutait lui aussi et je ne sais pas quand mais à un moment, c'est toujours le même moment où moi je sais que je m'envole avec les violons et où je commence vraiment à être complètement dans la musique – à ce moment-là, j'ai regardé Joël, il m'a fait un signe avec la tête d'un air de dire qu'il me comprenait et alors à ce moment-là, je me suis dit que c'était ça ma vraie fugue. J'étais vraiment partie avec lui puisqu'il avait la même émotion au même moment que moi. Mais il a arrêté d'un seul coup l'appareil et il m'a dit :

« Il faut que tu t'en ailles maintenant, Stéphanie, parce que Pablo va rentrer. Il va rien comprendre à ce qui s'est passé ici. Et puis après, mes parents vont venir et moi je veux bien que tu les rencontres, puisque maintenant tu connais la vérité, mais pas aujourd'hui. Je préférerais qu'on reste sur cette journée ensemble tous les deux tout seuls. D'ailleurs, ta journée, elle a été déjà très encombrée, tu saurais même pas comment faire pour classer tout ça dans ta tête. Reprends ton chat, parce que, lui aussi il doit avoir envie de rentrer chez lui, regarde-le, il est pas à l'aise. »

Et puis il m'a dit aussi :

« Ta musique, je l'aime autant que tu l'aimes. Je t'ai toujours dit qu'on était pareils toi et moi. »

Ça m'a fait un bien, j'étais super-bien. Je me sentais super-mieux que juste avant que j'arrive chez lui, malgré tous les problèmes que je venais d'avoir.

Évidemment, en même temps, ça me faisait un peu de la peine qu'il me demande de partir juste au moment où on venait de plonger dans la *Pastorale*. Je comprenais pas très bien pourquoi. Les gens qu'on aime, je pense qu'on doit toujours se dire qu'ils ont une bonne raison de vous demander des choses et qu'il faut même pas discuter. Là où il avait raison, d'ailleurs, c'est que c'est vrai que j'avais beaucoup de mal à réfléchir à tout ce qui venait de m'arriver, à tout ce qu'il venait de me dire. En plus, j'avais pas envie, c'est vrai, de voir Pablo ou ses parents. J'avais envie d'être seule dans mon Intérieur à moi, pas dans l'Extérieur. J'avais envie de faire un Résumé des Chapitres Précédents de tout ce qui s'était passé entre nous deux. J'ai remis Garfunkel dans mon sac U. S. avec la cassette de la *Pastorale*, j'ai embrassé l'Autre, je veux dire Joël, sur la joue. On s'était jamais fait ça, mais c'est venu comme ça, j'avais envie et lui aussi certainement puisqu'il m'a embrassée aussi pareil. Je suis ressortie par la porte d'entrée et je me suis dépêchée de quitter l'impasse pour être sûre de tomber sur personne parce que j'avais pas tellement envie de parler à quelqu'un.

J'étais dans un drôle d'état, pas vraiment énervée. J'étais un peu à côté des choses.

Comme j'avais pas non plus envie de revenir chez moi tout de suite et de revoir maman, j'ai dû marcher pendant une bonne heure dans tout le XVIIe, j'ai dû marcher beaucoup, dans le froid, mais quand je marche j'ai plus froid et je fais ça très souvent. Il y a des gens qui partent en Alaska ou en Chine mais mon voyage à moi, c'est le XVIIe, je peux dire que je le connais drôlement bien. Garfunkel dans mon dos dans le sac U. S. il recommençait à me griffer et à miauler, alors on s'est arrêtés dans un café qui avait l'air vide et triste, c'était exactement ce que je voulais et on s'est assis dans un coin où il y avait une banquette bien vide pour nous, et j'ai bu un Coca et puis j'ai demandé un diabolo citron et puis encore un Coca et j'ai même dû demander un thé. J'ai sorti Garfunkel du sac U. S. et je l'ai gardé sur mes genoux en le caressant pour qu'il ait pas peur parce que les chats, même si c'est des Êtres Supérieurs il y a un truc qu'ils savent pas bien faire c'est s'adapter tout de suite à un endroit qu'ils connaissent pas. Mais comme je le gardais bien au chaud bien caressé sur mes genoux, Garfunkel, il a fini par l'aimer, mon café vide et triste. Moi aussi. Y avait personne. Le garçon, il avait une moustache rousse comme un clown et il avait une voix de femme toute minouquette et toute petite, sympa. C'était un type, je me disais en le regardant, que je pourrais aussi en faire un ami parce que j'avais nettement l'impression qu'il n'était pas tellement heureux et c'est toujours avec ces gens-là que je m'entends bien, finalement. Mais j'ai préféré pas lui raconter ma vie quand même. Si on raconte trop souvent sa vie à trop de gens, ils se mettent à vous raconter leur vie à eux et alors on en sort pas. Moi j'aime bien écouter les autres, mais à ce moment-là de mon histoire je me rendais compte que j'avais plus du tout envie de savoir ce qui se passait dans la vie des autres et surtout d'un type à moustache rousse et à voix de femme. N'empêche qu'il était chouette.

J'ai bien dû rester là une ou deux heures, je ne sais plus, la nuit était tombée, et le garçon, il revenait de temps en temps il me regardait d'un drôle d'air, il m'a même dit une fois :

« Vous croyez pas qu'il serait temps de rentrer chez vous mademoiselle ? »

J'ai répondu :

« Vous en faites pas, Monsieur, mes parents m'attendent, je vais bientôt rentrer chez moi. »

Tout ce que je voulais, c'était rester un peu plus longtemps dans un coin tranquille et chaud, même s'il était vide et triste, et je pouvais un peu réfléchir à tout ce que j'avais connu et souffert en une journée – parce que malgré tout ce que m'avait dit l'Autre qui était si beau et qui me faisait tellement plaisir, il y avait aussi beaucoup de choses qui m'avaient fait souffrir aujourd'hui. J'avais pas seulement souffert pour moi mais pour lui surtout, et je sentais que le cœur que j'avais toujours dans la gorge il était plus pareil parce que maintenant, les boules, comme disent mes copines, je les avais aussi pour lui. Mais je découvrais quelque chose, c'était que souffrir pour lui c'était pas tellement de la souffrance, et partager un secret comme ça (puisqu'il n'y avait qu'à moi qu'il avait parlé comme ça et que moi de mon côté je l'avais fait plonger dans ma musique et puis qu'ensemble on s'était embrassés) en fait, tout ça c'était plutôt formidable, c'était un souvenir immédiat. Et ce qui était encore mieux, c'est que je savais que ça pouvait encore recommencer. Maintenant qu'on avait ça nous deux ensemble, c'était comme si on était riches de quelque chose de plus que les autres.

J'ai longuement réfléchi à tout ça pendant longtemps et il arrivait rien. Alors j'ai voulu commander un autre Coca mais il me restait plus d'argent. Alors je suis ressortie du café dans la nuit.

27

Je suis rentrée à la maison. Y avait toujours personne. Je suis allée dans la cuisine. J'ai appelé :

« Maman, maman ! »

Ça répondait nulle part. J'ai l'habitude que ça soit souvent vide chez moi, mais tout de même ça m'a fait peur et j'ai même cru que quelque chose de grave était arrivé, je ne sais pas, que ma mère avait fait une bêtise. Je suis allée dans sa chambre à coucher, elle avait dû tout ranger, c'était très calme et tout, il y avait plus rien sur la moquette, et ma mère n'était pas là non plus. J'avais faim et Garfunkel aussi, alors on a mangé – lui il mangeait ses Wiskas et moi mon plat favori, c'est-à-dire des cornichons avec un peu de choco, d'habitude j'adore ça, mais là ça passait pas. (Je sais bien pourquoi j'aime les cornichons avec les chocos, parce que la vie que j'ai vécue jusqu'ici, c'est du cornichon et du chocolat, parfois ça fait mal, parfois c'est doux, parfois c'est piquant, parfois c'est agréable, et c'est tout ça qui fait que ma vie elle est comme elle est.) Je me disais tout de même qu'elle exagérait, ma mère, qu'elle aurait pu être là quand je rentre, puisqu'elle me l'avait promis dans le mot qu'elle m'avait écrit. Le téléphone a sonné, c'était Sophie.

Elle m'a dit :

« C'est toi ? T'es chez toi, t'es malade ? Pourquoi t'es pas venue à la Ferme ? »

J'ai dit :

« J'suis pas bien. »

Elle m'a dit :

« Ah bon. »

J'ai dit :

« Bon ben salut. »

Elle m'a dit :

« Salut. »

J'ai trouvé qu'elle était pas très sympa, que pour une copine elle aurait pu me demander ce que j'avais, sérieusement, en me demandant des détails, mais pas une petite question comme ça. J'ai trouvé que c'était vraiment chacun pour soi, toute cette affaire et que quand on a des soucis, des vrais, il y a pas beaucoup de gens qui sont prêts à vous poser des questions et à vous écouter. Elle m'a déçue, Sophie. À part l'Autre et à part Garfunkel bien sûr, il y avait vraiment personne à qui je pouvais parler. C'est pour ça que je regrettais de pas avoir de Papi ou de Mamie, ils auraient vraiment pu m'aider à ce moment-là de mon histoire.

M'aider ou m'aimer, c'est presque pareil ces deux mots, il y a qu'une lettre à remplacer, un d à la place d'un m, mais à mon avis ça veut dire la même chose : quand on aide quelqu'un, on l'aime, et quand on l'aime, ben forcément on l'aide.

Penser à une Mamie, ça m'a fait penser à Mamo et une fois que je me suis mise à penser à elle, alors ça a été comme un déclic et j'ai tout de suite décidé que j'allais partir la voir. C'était ça le but de ma fugue : j'allais partir chez Mamo.

Mamo, c'est comme ça que j'appelais quand j'étais bébé la dame qui s'était occupée de moi. Elle s'appelait Mme Moreau, et ma mère et mon père ils l'appelaient toujours comme ça, ils l'ont jamais appelée par son prénom et comme je ne savais pas, et que d'ailleurs je ne sais toujours pas, ce que c'était son prénom et comme j'étais encore un bébé, j'ai fini par l'appeler Mamo, c'est normal, les bébés ils font toujours ça, ils déforment tous les noms. À mon avis, c'est vraiment elle qui m'a élevée quand j'étais bébé parce que ma mère, il y a pas de raison qu'elle se soit plus occupée de moi quand j'étais bébé que quand je le suis plus. Mamo, c'était elle que je voyais tout le temps, elle me faisait manger le matin et le soir et c'était presque comme une Mamie, c'est pour ça que Mamo, finalement, c'était un nom qui allait bien. Pourquoi mon père et ma mère un jour ils l'ont plus gardée, j'ai jamais compris, mais un jour ils se sont tous attrapés tous les trois – j'ai pas compris ce qu'ils se disaient et pourquoi elle leur disait qu'elle voulait plus rester, ils ont tous beaucoup crié, elle a beaucoup pleuré, mais tout ce que je sais c'est qu'elle est partie, Mamo, on l'a plus revue depuis. Tous les Noël, elle m'envoyait toujours une carte de vœux, mais cette année, elle l'a pas fait, mais moi je lui ai toujours répondu et je sais très bien où elle habite, dans un petit village en Normandie, ça s'appelle Arville.

Mamo, je me rappelais même plus de sa tête, je crois qu'elle ressemblait à une vraie Mamie avec des grosses joues et des yeux qui rigolent tout le temps, et j'ai qu'une seule photo d'elle quand elle me tient dans ses bras quand je suis un tout petit bébé. Je sais vraiment pas ce qui s'est passé entre elle et mes parents, j'ai jamais beaucoup réfléchi, en tout cas tout ce que je sais, c'est que quand elle est partie, elle a dû leur dire des choses vraies sur eux et ils ont pas dû accepter ce qu'elle disait – les gens acceptent jamais la vérité, je le sais bien, maintenant. En tout cas, quand elle est partie, j'ai eu des crises de chagrin fantastiques, ça durait très longtemps, je pleurais je pleurais, je réclamais tout le temps Mamo, ma Mamo mamamo – et j'en ai vu passer cent cinquante-cinq mille des nanos et des nounous et des baby-sitters et des bonnes et des jeunes filles au pair, et je sais pas quoi d'autre encore. Des Suédoises et des Brésiliennes et des Américaines et des Anglaises et des Autrichiennes et même des Italiennes du pays que je déteste le plus au monde, et aussi quelquefois des Françaises, mais je me suis jamais bien entendue avec elles, et mes parents ils en changeaient tout le temps, et à mon avis il y en a tellement eu que j'ai tout de même fini par oublier Mamo et je l'ai plus réclamée en pleurant comme je le faisais. Mes copines, des Mamo elles en ont toutes eu une, aussi. Enfin, les copines qui habitent comme moi chez des gens qui sont pas heureux, parce que pour les autres, avoir une

Mamo c'est les parents qui s'en occupent. Elle m'a certainement beaucoup manqué, Mamo, mais un jour j'ai fini par plus avoir besoin d'elle. Plus avoir besoin de Mamo, plus avoir besoin, d'ailleurs, de nounou. Ce jour-là, j'étais encore jeune, c'est le jour où ma mère m'a dit :

« T'es assez grande pour te débrouiller toute seule. »

C'est le jour où elle m'a donné la clef de l'appartement. Il paraît que tous les enfants sont très heureux quand on leur donne ça. Moi, je suis pas sûre que ça m'a plu. Je suis pas sûre que je l'ai aimée, mon indépendance. Ce jour-là, pendant huit jours, j'ai entendu dire que j'étais « autonome ». C'est un mot que ma mère a dit tout le temps pendant huit jours, celui-là et puis le mot « assumer ». Ça devait être des mots à la mode. Elle a pas arrêté de me dire ou de dire à ses copines au téléphone que maintenant j'étais autonome et que je m'assumais.

Enfin bref, je reprends :

Tout d'un coup, là, en attendant ma mère qui revenait toujours pas, soi-disant qu'on aurait dû dîner en copines, j'ai complètement oublié tous les conseils que l'Autre m'avait donnés, être raisonnable, etc., et j'ai plus pensé qu'à Mamo dans son petit village. Ça m'attirait formidablement. Je suis allée chercher l'album de photos dans la grande commode blanche et bidon moderne à la con qu'est dans la salle à manger-living, et j'ai retrouvé la photo de Mamo quand elle me tient dans ses bras et que je suis bébé. J'ai arraché la photo pour la garder sur moi. Je suis allée défaire et refaire mon sac U. S., parce que cette fois j'ai rajouté trois boîtes de Wiskas pour mon chat – un gros chandail en plus pour moi, ça commençait à drôlement gonfler le sac mais je voulais pas en prendre un autre parce que comme ça, quand je l'ai dans mon dos avec Garfunkel assis dedans, eh ben j'ai les mains libres et je peux faire ce que je veux. J'ai dit à Garfunkel :

« On repart, mais cette fois on sait où on va. T'en fais pas, là-bas on sera bien, tu seras en pleine campagne, tu vas drôlement rigoler. »

Il m'a pas répondu. À mon avis, il était pas d'accord pour bouger, il devait pas beaucoup aimer la première fausse fugue que je venais de faire, et la séance chez l'Autre, et la seconde, la vraie, celle que je lui annonçais, ça devait pas le réjouir tellement. Mais je pouvais pas faire autrement, parce qu'avec lui j'étais jamais seule, et il fallait bien que je l'emmène. Je l'ai installé sur les boîtes de Wiskas, avec le chandail par-dessus pour faire comme un coussin-banquette, j'ai posé le sac sur le lit pour qu'il s'y habitue un peu d'abord. Après, j'ai pensé à aller chercher de l'argent. Je savais que maman en gardait toujours dans un tiroir de son dressing-room, c'est dans un grand placard à côté de sa chambre avec des tas de casiers et des portemanteaux partout pour toutes ses robes et ses fourrures et ses machins. Dans un des tiroirs, elle met des bijoux et des boucles d'oreilles et je sais qu'elle y met aussi de l'argent, j'sais pas pourquoi elle le met là et à quoi il sert cet argent, mais il y a longtemps que je l'ai vue mettre des billets là-dedans, alors j'en ai pris un, de 500 francs. Comme ça j'étais parée pour le voyage et j'étais sûre de pas mourir de faim avant de retrouver Mamo et de m'installer pour vivre avec elle à Arville.

Peut-être bien, au fond, que si j'avais voulu aller être fermière en Amérique aux États-Unis, c'est parce que j'avais toujours eu Mamo dans le fond de ma tête et que je savais qu'elle vit dans une ferme, elle aussi, à Arville, et c'est peut-être bien pour ça que j'y ai toujours pensé. J'avais été une fois chez elle quand j'étais toute petite. Je me rappelais plus très bien comment c'était, mais je sais qu'il y avait des vaches et un cheval et qu'elle avait un voisin qui s'appelait Jacquot, et on était revenus en voiture, c'était mes parents qui avaient fait un détour en revenant de Deauville pour me reprendre et j'ai pensé que ce serait pas très dur de retrouver l'endroit. De toute façon, quand on veut très très fort aller quelque part, on finit toujours par y arriver.

Et c'est comme ça que j'ai fait ma deuxième fugue, la vraie.

28

Ça a pas très bien commencé, mon voyage, parce que le taxi que j'ai pris pour aller à l'entrée de l'autoroute pour faire du stop pour aller jusqu'en Normandie, le chauffeur a pas voulu me garder dès que je suis montée à l'arrière.

C'était un taxi qui avait un chien avec lui sur son siège à l'avant dans une couverture pleine de poils et je suis montée et j'ai dit :

« À l'entrée de l'autoroute de Normandie, s'il vous plaît, monsieur. »

Il m'a dit :

« Quelle autoroute de Normandie ? Il y en a plusieurs. »

J'ai dit :

« L'autoroute qui va à Arville. »

Il m'a dit :

« Connais pas. »

C'était un râleur. Il parlait en râlant comme s'il avait des bouts de charbon dans la bouche, il sentait mauvais, même dans son dos je pouvais sentir qu'il avait mauvaise haleine, ou alors c'était peut-être son chien.

J'ai dit :

« Ben, c'est l'autoroute qui va à Deauville. »

Il a dit :

« Ah d'accord, fallait le dire plus tôt. »

J'ai pas répondu. Il a commencé à conduire mais à ce moment-là Garfunkel a fait un drôle de bruit, pas un ronron comme les autres, il a fait comme s'il éternuait pchssch ou quelque chose comme ça, il a voulu sortir de mon sac U. S. et j'ai été obligée de lui dire de se taire, et le chien qui était couché devant et qui perdait tous ses poils, il a grogné exactement comme son maître avec le même bruit de charbon dans la bouche.

Le chauffeur a dit :

« Qu'est-ce qu'il y a, qu'est-ce que c'est ? »

J'ai dit :

« Rien. »

Il a dit :

« Vous auriez pas un chat avec vous par hasard, parce que mon chien, il aime pas beaucoup les chats. »

J'avais bien vu dans ses yeux dans le rétroviseur qu'il venait de voir les oreilles de mon chat et il avait dû m'entendre dire à Garfunkel de se taire. En plus, Garfunkel, il recommençait à faire ses pchssch, et j'ai compris que c'est parce qu'il aimait pas du tout le chien, il devait avoir le poil qui commençait à se hérisser et le gros chien il grognait de plus en plus, alors le taxi s'est arrêté.

Il s'est retourné vers moi, il sentait vraiment mauvais. Il a dit :

« Allez sortez, de toute façon à cette heure-ci, je me demande ce qu'une fille de votre âge peut foutre dehors. »

J'ai pas discuté, parce que il faisait nettement partie de la catégorie des Êtres Humains Imbéciles, qui est encore plus pénible à mon avis que les Ridicules. Je préfère encore avoir affaire à un Ridicule qu'à un Imbécile, sauf que parfois ils sont tout ça à la fois. Enfin bref, je me suis retrouvée sur le trottoir, on avait dû faire 500 mètres. J'ai marché jusqu'à une autre station de taxis au coin de l'avenue de Wagram et j'ai trouvé un type qui a bien voulu me conduire à l'entrée de l'autoroute. Celui-là, il sentait pas, il avait pas de chien, il disait rien, il était plutôt endormi qu'autre chose, c'est-à-dire qu'il était presque comme tous les gens adultes, il était un Indifférent. Il m'a déposée sous le viaduc qui mène à l'autoroute, il y a des feux rouges partout, il y a des pancartes qui mènent à Saint-Cloud, il y en a d'autres qui mènent à l'autoroute, j'ai grimpé la rampe à pied et je me suis mise dans le virage juste avant le tunnel, j'avais vu souvent des gens faire ça quand mes parents m'emmenaient à Deauville. D'ailleurs j'étais pas seule, il y avait un garçon, à mon avis il était un peu plus vieux que moi, il avait une pancarte avec marqué dessus « Le Havre ». Quand il m'a vue me mettre dans le virage, il est venu vers moi. Il avait une petite valise en métal blanc avec des damiers. Il m'a dit :

« Ça te ferait pas trop chier de te mettre ailleurs ? C'est ma place ici, je suis là depuis une demi-heure, alors tu vas derrière moi, sinon je t'éclate la tronche aussi sec. »

Moi, j'ai pas répondu tout de suite. Il me faisait pas peur, mais j'allais pas commencer à me battre, avec mon chat dans mon dos, sur le bord de la route, pour que les policiers viennent nous embêter et que je sois obligée de dire mon vrai âge. Seulement quand même, je trouvais ça incroyable que ce garçon soit aussi désagréable avec moi. Les taxis, je voulais bien, c'étaient des vieux et des râleurs, mais lui, normalement, comme disent mes copines, on avait le même ennemi commun : les vieux, alors ? Alors je lui ai dit ça exactement, sans crier trop fort, sauf qu'on était obligés de parler fort pour se faire entendre parce qu'il y avait toutes les voitures qui roulaient qui roulaient qui roulaient, c'était comme si on était dans un moteur d'avion mais à l'intérieur. Ça l'a fait rigoler ce que je lui ai dit, et il m'a dit :

« T'as peut-être raison, ma vieille. Comment tu t'appelles ? »

On était en train de nous donner nos noms quand on a vu une voiture s'arrêter et un type pencher sa tête et nous crier :

« Alors vous montez, les fiancés ? »

Il fallait pas attendre parce qu'il avait mis ses clignotants mais quand même ça allait vite faire des problèmes avec les autres voitures qui arrivaient, même s'il y en avait pas tellement à cette heure-ci, à mon avis il était 11 heures du soir. On est montés, le garçon il s'appelait Patrick, à l'arrière, et moi à l'avant, j'ai mis mon sac U. S. à mes pieds et je voyais Garfunkel qui agitait ses oreilles et il faisait des bruits affreux et il miaulait il chialait il râlait, et ça voulait dire :

« Mais où tu m'emmènes et qu'est-ce que c'est que ce bruit, et ces lumières, tu sais bien que je déteste ça. »

C'est vrai que ça devait être l'Enfer pour lui parce que il aime pas du tout les moteurs et j'ai essayé de le calmer mais il remuait comme un fou dans son sac. Le monsieur qui conduisait m'a regardée une ou deux fois il a regardé Patrick dans le rétroviseur et il a demandé :

« C'est votre petite sœur que vous emmenez avec vous ? Où est-ce que vous allez d'abord ? »

Moi, j'ai pas répondu tout de suite. Patrick a dit :

« Je vais rejoindre mon bâtiment au Havre. »

C'est comme ça que j'ai compris qu'il devait être marin au service militaire ou un truc de ce genre. Il a dit :

« C'est pas ma sœur, c'est pas ma fiancée, on se connaît pas, je viens juste de la rencontrer, je sais même pas qui c'est cette fille. »

Je me suis retournée et je lui ai dit :

« T'es vraiment un lâche et un dégueulasse, Patrick. »

Le conducteur, il rigolait. Il voulait pas croire qu'on se connaissait pas, il croyait qu'on était amoureux et qu'on s'engueulait comme les amoureux, il arrêtait pas de nous appeler « les petits fiancés ». On était déjà sortis du tunnel et il conduisait pas très vite. Il m'a demandé comment s'appelait mon chat et pourquoi je l'emmenais avec moi. J'ai dit :

« Je vais rejoindre mes parents à la campagne. J'ai raté mon train, c'est vrai qu'on se connaît pas avec ce type, et je vous remercie bien quand même de m'emmener, monsieur. »

Il a dit :

« Elle est où ta campagne ? »

J'ai dit :

« À Arville. »

Il a dit :

« Connais pas. C'est quelle sortie ? »

J'ai dit :

« Ben j'en sais rien. »

Il a rigolé et il a dit :

« Et comment tu vas t'y retrouver alors ? »

J'ai dit :

« Je ne sais pas. »

Il a dit :

« Je vais te dire ce qu'on va faire. Quand je m'arrêterai pour prendre de l'essence, on demandera au pompiste, ils sont toujours de la région, ils doivent savoir où il est ton bled, et s'ils savent pas, on t'achètera une carte de Normandie. »

J'ai dit :

« Merci beaucoup. »

Il était plutôt sympa, ce type. Je l'ai regardé, il avait des lunettes toutes rondes avec de grosses branches qui rentraient derrière les oreilles, très épaisses comme un manche de brosse à cheveux, et en regardant un peu mieux j'ai compris qu'il portait un appareil pour mieux entendre, il devait être sourd, il avait dû se le faire installer dans ses lunettes. Ça faisait curieux mais c'était pas bête, sauf que je me suis demandé comment il entendait quand il enlevait ses lunettes.

J'ai dit :

« Peut-être que vous les enlevez jamais. »

Il a dit :

« Quoi ? de quoi tu parles ? »

Je lui ai expliqué ce que je voulais savoir. Il m'a dit :

« T'as deviné, je les garde tout le temps. »

J'ai dit :

« Même pour dormir ? »

Il a dit :

« Ah non. »

Après cette conversation Absolument Mortellement Originale, je me suis endormie mais ça a pas dû durer très longtemps. On m'a tapé sur le genou, ça devait être Grosses Lunettes, il m'a dit :

« Descends, on prend de l'essence, on va demander où il est ton bled. »

On était dans une station d'essence Elf avec des ballons et des casquettes et des jeux partout, mais personne n'y touchait parce qu'à cette heure-là, de toute façon, il y avait personne. Je suis allée au comptoir pour acheter des Carambars et du chocolat et j'ai demandé à la dame si elle savait où était Arville, elle savait pas. Pendant ce temps-là, je voyais Grosses Lunettes qui posait des questions à un pompiste en uniforme de pompiste, alors je suis allée aux toilettes. C'était très sale. En ressortant, j'ai vu Grosses Lunettes qui me faisait signe, je suis allée le rejoindre. Il m'a dit :

« Ton bled, il faut que tu sortes à la première sortie après le péage de Louviers, je te montrerai, viens. »

Je le trouvais vraiment sympa. On est remontés dans sa voiture. Patrick derrière, il disait rien, il me regardait comme s'il m'en voulait. J'ai jamais compris s'il était simplement idiot ou s'il était très timide. On est repartis. Tout d'un coup alors qu'il se passait strictement rien dans la voiture ou sur la route, Grosses Lunettes a dit :

« C'est impossible, je ne peux plus, c'est insupportable. Il faut que je m'arrête. »

Il s'est mis à faire des zigs et des zags avec son volant, il allait d'un côté de l'autoroute et puis de l'autre, il arrêtait pas de dire :

« J'en peux plus, j'en peux plus ! »

Patrick derrière lui a dit très vite et très fort presque comme s'il avait l'habitude de ce genre d'incident :

« Arrêtez vos conneries, ralentissez, mettez vos feux de warning, roulez lentement. »

Il lui donnait des ordres comme un vrai petit chef et Grosses Lunettes a obéi. Il a ralenti, Garfunkel était affolé, il chialait il miaulait, c'était un vrai concert dans cette voiture. On s'est arrêtés sur le bord de la route, les roues sur l'herbe du côté du fossé. Patrick s'est penché très vite par-dessus l'épaule de Grosses

Lunettes, il a fermé le contact du moteur, il a retiré la clef. Grosses Lunettes, lui, il s'était mis le front contre le volant et maintenant voilà qu'il pleurait ! C'était pas des gros sanglots mais des larmes silence, comme on fait des fois, on peut très bien pleurer sans faire de bruit. Moi je trouve que c'est plus impressionnant que les gens qui pleurent en criant hystériques, genre ma mère.

Je lui ai dit :

« Qu'est-ce que vous avez, monsieur ? »

Il répondait pas et il pleurait toujours silence. Patrick lui a mis la clef de contact sur le tableau de bord et il m'a dit :

« Viens, on sort. »

On est sortis, lui avec sa valise de métal blanc, moi avec mon sac U. S. Il faisait pas très chaud dehors. Patrick m'a dit :

« On peut pas rester avec ce mec, c'est un dingue. Il va finir par nous planter dans le décor. »

J'ai dit :

« On peut pas le laisser seul comme ça, il a l'air d'avoir tellement de la peine, on lui a même pas demandé ce qu'il a. »

Patrick a dit :

« À savoir va savoir. »

J'ai pas compris ce que ça voulait dire, ça devait être une expression de son service militaire ou des marins au Havre, mais il l'a répétée plusieurs fois avec l'air très sérieux et très concentré :

« À savoir va savoir. »

Puis, il m'a dit :

« Tu fais ce que tu veux, moi je me trouve une autre chignole, je veux pas courir le risque de remonter dans la tire de ce cinglé. »

Il m'a regardée et il m'a dit avec une voix toute grave d'un seul coup :

« J'sais pas où tu vas et j'sais pas qui tu es, mais j'ai été bien content de te connaître, je te souhaite bonne chance. »

Il s'est penché vers moi avant que j'aie le temps de m'écarter, il m'a prise par les épaules et il m'a embrassée sur les lèvres comme si on était au cinéma et qu'il s'appelle Clark Gable et que je m'appelle Ava Gardner, il avait mis sa main autour de ma taille, et il me coinçait vraiment comme au cinéma et il essayait absolument de m'ouvrir mes lèvres avec ses lèvres, je sentais ses dents qui farfouillaient pour trouver les miennes, j'arrivais plus à respirer mais j'aurais plutôt crevé que de l'ouvrir, ma bouche. En plus, il sentait le tabac, c'était franchement écœurant, mais en même temps je trouvais ça plutôt drôle et j'ai jamais eu peur, j'ai jamais cru qu'il essaierait de me violer comme le type au Forum des Halles. J'ai bien vu que tout ce qu'il voulait, c'était un Baiser d'Adieu, peut-être pour que après il le raconte à ses copains dans son « bâtiment ». Et à mon avis ça a duré très peu de temps, il m'a lâché la taille et les épaules et il est parti très vite presque en courant devant lui avec les phares des voitures qui éclairaient son dos et sa petite valise de métal blanc. Garfunkel, lui, dans mon dos, il continuait de miauler et de remuer, heureusement que j'avais mis mon chandail entre ses griffes et la toile du sac pour me protéger parce que, sinon, j'aurais déjà plus de dos. Mais j'étais bien contente de l'avoir avec moi parce que, peut-être, s'il avait pas miaulé et chahuté pendant tout le temps que Patrick essayait de jouer Clark Gable, peut-être que ça se serait moins bien passé pour moi. En fait, Garfunkel, il me servait de garde du corps, même si c'était pas exprès.

Je suis remontée dans la voiture et Grosses Lunettes pleurait plus. Il avait enlevé ses lunettes et il me regardait. Il avait l'air tout petit et tout fragile comme un bébé. J'arrive jamais à savoir l'âge des gens, enfin ceux qui sont de l'autre côté, les vieux. Mais là j'étais encore plus perdue parce qu'il avait l'air d'être un gros nouveau-né déguisé en adulte. Je lui ai dit :

« Ça va mieux, monsieur ? »

Il a dit :

« Quoi ? j'entends rien. »

J'ai dit :

« Ben, remettez vos lunettes alors. »

Il a dit :

« Quoi ? »

Je lui ai fait le geste de remettre ses lunettes sur le nez et autour de ses oreilles, alors il a compris, c'était drôle. C'était comme s'il voulait qu'on lui dise ce qu'il fallait faire. Avec ses lunettes, il avait l'air un peu moins paumé. Alors je lui ai encore posé une question :

« Vous allez mieux, monsieur ? »

Il a dit :

« Oui, oui ma petite fille, je vais mieux merci. Où est passé ton fiancé ? »

J'ai dit :

« C'est pas mon fiancé. Il est parti parce que vous lui avez fait peur. »

Il a dit :

« Fallait pas. »

Je lui ai dit :

« Vous devriez vous essuyer la figure, vous êtes tout sale tellement vous avez pleuré. »

Il a dit :

« Boîte à gants. »

J'ai ouvert la boîte à gants, il y avait un paquet de Kleenex, je lui en ai donné deux ou trois mais en remettant le paquet de Kleenex, j'ai touché quelque chose de dur et de froid avec mes doigts comme un objet en fer. Alors là, j'ai commencé à avoir peur, je ne savais pas pourquoi, et comme il disait rien j'ai voulu le faire encore parler, je lui ai demandé :

« Qu'est-ce qui vous est arrivé, monsieur ? »

Il a dit :

« Rien. Je pouvais plus, c'est tout. C'est trop compliqué pour toi, tu comprendras plus tard. Quand tu seras plus grande. »

J'ai dit :

« Je pourrai jamais comprendre si vous me racontez pas maintenant. »

Il a dit :

« Ma femme m'a quitté, c'est tout voilà. Et je peux pas le supporter. »

J'ai dit :

« Mais où vous allez en voiture comme ça ? »

Il a dit :

« Je rentre chez ma mère, elle habite à Rouen. Elle, elle me comprendra. Je vais la consulter, je vais lui demander son avis, si tu veux, et voir ce qu'elle en pense et ce qu'elle croit que je devrais faire. »

Je me suis dit que tant qu'il conduirait sa voiture, il pourrait pas ouvrir la boîte à gants et faire des trucs fous et dangereux, parce que j'étais absolument mortellement sûre que ce que j'avais touché c'était un revolver, et même si je dis toujours que j'ai peur de rien, il y a un truc qui me fait très peur, c'est les revolvers. Je veux dire, je comprends pas du tout ce que c'est, ces objets avec la mort dedans, ça me dépasse, je suis foutue quand j'en vois un à la télé ou au ciné, dès que je vois un revolver ça me fait le même drôle d'effet, j'arrive pas à comprendre pourquoi mais je me dis que ce gros truc noir et froid avec la mort dedans, c'est ce qu'il y a de plus laid au monde.

Grosses Lunettes, d'avoir un peu parlé avec moi, ça avait l'air de le faire revenir dans un état normal. Il s'est regardé dans le rétroviseur en murmurant des trucs que je comprenais pas, mais j'avais moins peur. Il a dit :

« Bon ben on repart, d'accord ? »

J'ai dit :

« Oui, si vous voulez. »

Il a dit :

« Eh bien, je te remercie quand même beaucoup, ma petite fille. »

J'ai dit :

« Merci de quoi, monsieur ? »

Il m'a dit :

« D'avoir pas eu peur comme ton fiancé, d'être pas partie avec lui, ça m'a fait du bien de te parler, tu sais. »

Et pourtant, il m'avait pas dit grand-chose mais peut-être qu'il croyait qu'il m'en avait dit beaucoup plus. Les gens, du moment qu'on leur pose une question et qu'on les laisse parler sans se disputer avec eux et qu'on les écoute un peu, ils croient qu'ils vous ont raconté leur vie et que vous êtes d'accord. Grosses Lunettes, même si j'étais sûre qu'il avait un revolver dans sa boîte à gants, même si j'étais sûre qu'un jour il ferait une bêtise avec, c'était devenu presque comme un ami.

C'était presque dommage qu'on soit obligés de se quitter si vite.

29

Quand on est arrivés à la première sortie après le péage de Louviers, Grosses Lunettes a mis son clignotant, il s'est encore une fois rangé sur l'herbe le long de la route, juste avant une petite montée.

Il m'a dit :

« Arville c'est par là, en haut à droite, ça doit être à 20 kilomètres et au bout de 20 kilomètres, j'ai regardé sur la carte, tu prends une petite route. J'ai regardé chez le pompiste, c'est pas difficile. Mais est-ce que tu es sûre que tu vas trouver toute seule ? »

J'ai dit :

« Oui vous en faites pas, je reconnais le chemin. »

Mais je frimais, je reconnaissais rien du tout. Si j'avais été à sa place, j'aurais pas laissé une fille comme moi toute seule la nuit sur une route avec un chat dans un sac U. S. sur le dos, mais il faut dire qu'il était pas dans un état normal, il devait tout le temps penser à sa maman et à sa femme et peut-être aussi au revolver dans la boîte à gants, et alors on s'est dit au revoir et il est reparti, et j'ai remonté la pente à pied jusqu'à un pont qui était sur l'autoroute où il y avait un panneau avec écrit des noms de villages, mais pas Arville et ça m'a pas inquiétée. Aujourd'hui encore, je me demande ce qu'il est devenu, Grosses Lunettes. Je l'aimais bien.

Le problème que j'avais maintenant c'est qu'il y avait pas de voitures du tout sur la petite route. Il devait être 1 ou 2 heures du matin à mon avis, et je me suis mise à marcher dans la nuit avec Garfunkel de plus en plus malheureux, il arrêtait jamais de vraiment complètement miauler et de me griffer à travers mon sac et je m'étais tellement habituée à son miaulage que ça me faisait comme une musique pour m'accompagner.

Mais comme j'avais peur quand même, un petit peu, dans la nuit, je lui parlais un peu aussi à Garfunkel et je lui récitais les poèmes que j'avais appris par cœur à l'école, j'en connais pas beaucoup, alors je récitais toujours le même et je le criais à haute voix pour me rassurer, c'était :

« *Je m'en allais les poings dans mes poches crevées*
Mon paletot aussi devenait idéal
J'allais sous le ciel Muse et j'étais ton féal
Oh là là que d'amours splendides j'ai rêvé. »

Moi je rêvais pas d'amours splendides, mes poches étaient pas crevées, mais quand même si j'étais partie sur cette route la nuit et que je faisais ma fugue, ça devait tout de même être parce que moi aussi j'en rêvais, d'amour. Je connaissais pas bien la suite, à part les deux premières lignes. J'arrive jamais à me rappeler la suite des poèmes. Le début, je suis toujours très forte, après ça s'en va, je dois avoir une déficience de mémoire, ça doit être les hormones.

Alors, je criais à nouveau :

« Je m'en allais les poings dans mes poches crevées. »

Et je crois que je l'ai crié cent fois ce poème, jusqu'à ce qu'on arrive à un abri pour les autocars, c'est un peu comme une maison en verre sauf qu'il y a pas de portes, il y a un banc et il y a une petite lumière et on s'est assis avec Garfunkel, et je l'ai sorti du sac pour un peu le détendre le pauvre vieux, il avait dû drôlement pas se marrer depuis que j'étais partie de chez moi. Il commençait à avoir froid, il avait les yeux tout pleins de liquide comme s'il avait pleuré, il m'avait déjà fait le coup une fois en voiture avec mes parents, il fait ça quand il s'énerve, il a un liquide bizarre comme de la colle autour des yeux, et il a l'air encore plus cinglé que d'habitude. Je lui ai dit :

« T'en fais pas Garfunkel, on est presque arrivés. »

Il me parlait plus. Il miaulait seulement mais j'arrivais pas à bien comprendre ce qu'il voulait me dire. Je pense qu'il en avait très marre et que aussi il voulait me dire de pas avoir peur et qu'on allait finir par arriver chez Mamo. J'étais complètement crevée maintenant, j'avais un peu froid, alors je me suis étendue sur le petit banc en métal et en bois qui est dans l'abri-car et j'ai mis ma tête sur le sac U. S. comme oreiller et j'ai pris Garfunkel contre ma poitrine et dans mon blouson, comme ça il me servait de chauffage et en même temps je le tenais, il pouvait pas s'échapper parce que j'avais toujours peur qu'il s'échappe. Les chats, je le sais, ils aiment pas du tout l'imprévu et l'aventure. Il fallait tout le temps que je le tienne contre moi au moins d'une main, et des fois son corps avait comme un petit déclic, comme s'il avait eu de l'électricité, et ça voulait dire qu'il voulait sauter et s'enfuir, alors je le serrais fort et il se calmait, on a dû dormir un peu comme ça tous les deux. Avant de fermer les yeux, j'ai fait une petite liste dans ma tête, une toute petite liste, j'en faisais de moins en moins, la Liste de Tout Ce Qu'il Faut Pas Faire Pour Rater Une Fugue.

Faut pas emmener son chat.

Faut pas partir la nuit.

Faut savoir où on va même si dans ce cas-là c'est pas vraiment ce qu'on appelle une fugue.

Faut prendre un sac de couchage. Faut emmener du chocolat.

Faut avoir l'air plus vieux que son âge.

Faut pas avoir de remords ou de regrets.

Faut jamais regarder en arrière.

Faut pas penser à ses parents et se demander si on a pas fait une gigantesque bêtise sidérale.

Faut pas pleurer.

Faut pas réfléchir.

Enfin bref, il faut faire tout le contraire de ce que je faisais.

30

J'ai eu froid et ça m'a réveillée. Garfunkel tremblait. J'ai entendu un petit camion qui faisait un gros badaboum. Je me suis plantée au milieu de la route et j'ai agité mes bras. Il y avait déjà un peu de lumière violette dans le ciel, j'étais jamais restée aussi tard de la nuit debout ou aussi tôt le matin pour voir comment ça change le ciel dans ces cas-là, et c'était quand même très beau, ça. Dans les moments, je me rappellerai toujours, même si sur le coup j'ai pas beaucoup apprécié parce que je voulais surtout que le camion s'arrête, mais quand même, la venue de la lumière violette dans le ciel, c'était beau !

Le camion c'était une camionnette, et le conducteur il m'a engueulée. Il était très jeune et tout gros tout rond tout rouge avec un nez et des joues toutes rouges et il m'a dit avec un drôle d'accent, ça doit être un accent de Normandie, une Normandie un peu spéciale, il m'a dit :

« T'es pas un peu folle de te mettre au milieu de la route à c'heure-ci ? »

J'étais tellement contente qu'il s'arrête que j'ai rigolé, j'ai frimé, et ça vaut mieux parce que quand on sourit, les gens ils prennent pas ce genre de truc au sérieux, ils oublient qu'on est dans une situation absolument totalement illégale. Je lui ai dit :

« Vous inquiétez pas monsieur, j'ai mes parents qui sont en panne sur l'autoroute et je dois rejoindre ma grand-tante à Arville, Mme Moreau, vous la connaissez ? »

Il m'a dit :

« Moreau, Moreau, connais pas mais Arville c'est tellement petit que tu trouveras facilement. Viens je t'emmène, je passe par la route à côté. »

Il était sympa, le gros bonhomme rouge, il m'a rien dit jusqu'à ce qu'on arrive. Arville c'est pas une ville, c'est trois maisons et il y a une église plus loin sur une petite pente et entre les deux petites routes qui se croisent il y a un petit étang, c'est plutôt une mare, il y a même pas de canards dessus mais on pourrait s'attendre à ce qu'il y en ait. Le camionneur il m'a laissée sur la petite place avec l'étang et il est reparti et je suis allée frapper à la première maison, il faisait pas encore jour et les chiens se sont mis à aboyer partout autour, c'était pas tellement accueillant comme atmosphère. Dans le sac Garfunkel pleurnichait et miaulait.

Un volet s'est ouvert près de la porte où je frappais et un type avec des moustaches m'a regardée et comme il disait rien, pas bonjour, rien, qu'est-ce que vous voulez, rien – je lui ai demandé très poliment :

« Pardon monsieur, où est-ce qu'elle habite Mme Moreau ? »

Il a tendu la main en direction de la petite église et il a dit :

« C'est la petite maison plus loin sur le chemin avec un enclos blanc. »

Et il a refermé sans rien dire, ni au revoir ni me demander rien, un vrai plouc ce mec.

Alors j'ai marché mais j'avais dû réveiller toute la région avec l'arrêt du camion et les chiens la porte le volet et tout ce bruit dans cet endroit tellement vide et tranquille et maintenant les chiens gueulaient de partout, j'ai jamais entendu autant de chiens, il devait y en avoir douze par habitant à Arville, des chiens. Je peux pas dire que Garfunkel aimait ça, il était même terrorisé. J'ai couru pour vite quitter le village et j'ai dû encore faire 1 ou 2 kilomètres mais je ne sais pas compter. La route, elle devenait un petit chemin avec de la terre et du gravier et des cailloux sans doute, des trucs comme ça pour empêcher qu'il y ait trop de boue en hiver et les flaques d'eau sale avec de la bouse de vache dedans il fallait que je sautille entre les flaques, je commençais à être vraiment sale et humide en plus du froid et de la fatigue et de la faim, mais je disais à Garfunkel : « C'est fini, on arrive, t'en fais pas, Mamo va nous donner un bon bain chaud et du chocolat chaud et des draps chauds, on va être bien au chaud et bien au propre. »

J'ai vu la maison de Mamo, je peux pas dire que je l'avais reconnue. J'étais venue qu'une fois, quand j'étais très jeune, mais il y avait des planches de bois blanc autour, ça devait être ça que le type avait appelé son enclos, c'était une toute petite maison sans couleur, il y avait pas de lumière aux fenêtres et j'ai dû encore marcher dans de la boue pour arriver à la porte.

On a encore entendu un chien aboyer mais alors là un aboiement énorme, j'avais pas encore vu le chien mais la façon dont il criait, il devait être gros, ce chien. Je me suis dit que des chiens, depuis que j'étais partie de chez moi, j'avais pas cessé d'en voir, ils avaient pas cessé d'embêter Garfunkel et moi. La porte s'est ouverte et il y avait une vieille dame avec de la moustache et de la barbe sur la figure, elle était en sabots et dans un peignoir vert comme une couverture avec un chiffon autour de la tête et j'ai pas reconnu tout de suite Mamo tellement j'ai trouvé qu'elle avait vieilli par rapport à sa photo, mais c'était bien elle. J'ai voulu l'embrasser mais elle a levé la main et elle a dit :

« Qu'est-ce que tu veux, ma fille ? »

J'ai dit :

« Mais c'est moi, Mamo, c'est Stéphanie, tu me reconnais pas ? »

Alors elle a poussé un petit cri :

« Stéphanie, Stéphanie, ben qu'est-ce que tu fous là, ma fille ? »

Elle avait pas l'air tellement surprise mais elle avait pas l'air contente non plus. Le chien aboyait toujours aussi fort, on était obligées de crier toutes les deux pour entendre ce qu'on se disait.

J'ai dit vite, très vite :

« Euh voilà, mes parents m'ont laissée ici, ils étaient en route pour Deauville et ils m'ont demandé de te demander si ça ne te dérangeait pas de me garder quelques jours parce qu'ils avaient des choses à faire à Deauville. »

Elle a remué la tête; elle a dû dire un truc comme « M'étonne pas d'eux », mais elle l'a dit dans sa barbe, alors j'ai pas compris. Évidemment c'était vraiment pas honnête de ma part de pas lui dire la vérité mais je la trouvais tellement froide et pas sympa que je m'étais dit que si je lui disais que j'avais fait une fugue, elle était cap'de me virer avant même que je mette un pied chez elle et j'avais vraiment envie d'avoir chaud et d'être dans du propre.

Elle a dit :

« Bon, ben rentre, ma fille. »

Elle disait tout le temps « ma fille » à la fin de toutes ses phrases et ça m'énervait, j'étais pas sa fille alors, mais pas du tout! Ce qui m'a énervée aussi, je peux même dire que ça m'a un peu étonnée et même que ça m'a franchement vexée, c'est qu'elle me demande rien, pas de mes nouvelles, rien, elle avait simplement l'air très embêtée que je sois là. Quand elle a vu Garfunkel qui pointait sa tête hors du sac U. S. elle a crié :

« Oh là et celui-là qui c'est? »

J'ai dit :

« C'est Garfunkel, c'est mon chat. »

Elle a dit :

« Médor il aime pas les minous et moi non plus ma fille, va falloir l'enfermer ton chat, ma fille. »

J'ai dit :

« Mamo je t'en supplie, laisse-moi rentrer, j'ai froid. »

Parce que c'était toujours sur le pas de la porte et elle faisait rien pour m'accueillir. Alors elle m'a quand même fait entrer dans une petite cuisine, parce que dans sa maison c'est pas une ferme, c'est un tout petit truc, il y a qu'une petite cuisine avec une cheminée et une petite table et la télé dans un coin, il y a rien d'autre pas de salon pas de hall d'entrée, rien. Comme elle me regardait avec un air pas sympa, j'ai été encore obligée de lui demander :

« T'as rien de chaud à boire, j'ai rien mangé et rien bu depuis hier. »

Elle a froncé les sourcils et elle a dit :

« Mais qu'est-ce qu'ils ont tes parents, ils te donnent plus à manger maintenant, ma fille ? »

J'ai rien dit, elle s'est mise à faire chauffer de l'eau. Elle me disait même pas de m'asseoir, rien, alors j'ai pris une petite chaise et je me suis assise, j'étais morte. Je la regardais qui mettait de la chicorée dans un bol et j'ai dit :

« Oh Mamo c'est formidable de te revoir, t'es pas contente ? »

Elle a dit :

« Allez bois ça ma fille, il faut que j'aille aux vaches. »

Le chien Médor est entré dans la cuisine, j'ai eu l'impression qu'il avait ouvert la porte lui-même, c'était un gros chien-loup noir et jaune avec un nez pointu et des grosses dents dégueu et il aboyait vers

Garfunkel et je sentais mon chat qui se hérissait dans le sac dans mon dos et qui devenait encore fou et Mamo qui criait au-dessus de tout ce bruit :

« Couché Médor, couché ! »

Mais son Médor il se couchait pas, il tournait autour de moi et de ma chaise en aboyant toujours plus fort. Alors Mamo, c'est sans doute ça qui l'a obligée à me dire, sinon je crois qu'elle aurait pas fait un geste, c'est ça qui l'a obligée à me dire :

« Monte donc là-haut ma fille, ça va les calmer tous les deux, pendant ce temps je vais aux vaches avec lui. »

Elle m'a montré un petit escalier en bois avec une rampe, pas vraiment un escalier, j'ai pris mon bol de chicorée, je suis montée il y avait une sorte de porte comme dans un grenier et je me suis retrouvée dans une petite chambre avec un petit lit et un petit fauteuil et un édredon sur le lit. J'ai fermé la porte, j'ai ouvert le sac, Garfunkel est sorti en miaulant, il a commencé à renifler et à se promener dans cette petite pièce qu'était pas éclairée et il devait quand même être soulagé de pas être dehors et de plus entendre ce gros chien à la con qui aboyait tout le temps. Il s'est mis en position de guetteur devant la porte, il a plus bougé. Moi, je tremblais. J'ai bu tout le bol de chicorée, c'était vraiment pas bon, mais c'était chaud et ça m'a donné envie de vomir. Surtout je faisais chut à Garfunkel pour écouter ce qui se passait en bas. Mamo, elle avait dû sortir parce que j'entendais plus rien. Alors j'ai vite ouvert la porte, j'ai descendu le petit escalier et je suis allée farfouiller un peu dans tous les placards et j'ai trouvé un ouvre-boîtes et puis du pain aussi et du fromage, et j'ai pris tout ça et je suis remontée en vitesse parce que j'avais peur de me faire surprendre. C'est pas que Mamo me faisait peur mais je voulais pas l'énerver et je me disais qu'il fallait que je sois très très polie avec elle pour qu'elle m'accepte et que je reste un peu plus chez elle mais la vérité c'est que j'avais déjà envie de partir, je détestais cet endroit, je trouvais que ça se passait vraiment très mal tout ça. Seulement j'avais froid, Garfunkel avait rien mangé depuis notre départ. Alors quand je suis rentrée dans la pièce je lui ai ouvert une boîte de Wiskas de mon sac U. S. et je lui ai mis sa nourriture dans mon bol où il y avait eu la chicorée. Il a quand même mangé très vite très vite, le pauvre.

Moi, je tremblais, je commençais à me sentir vraiment mal, je me suis mise toute habillée sous l'édredon sur le lit. Ça sentait très mauvais sous l'édredon comme de la chaussette mouillée et de l'ail, j'ai pas fait attention, je voulais seulement essayer de me réchauffer et de dormir un peu, parce que j'étais malade à crever.

31

J'ai été malade comme ça pendant je sais plus quoi, deux jours peut-être. Je tremblais tout le temps, je grelottais, j'avais mal aux yeux mal aux jambes mal au dos mal aux reins mal à la tête mal aux dents mal partout, j'avais jamais été aussi mal fichue de ma vie. Je connaissais plus le jour de la nuit.

Mamo, elle s'occupait de moi mais le strict minimum, franchement juste assez pour pas que je crève. Elle venait dans la chambre, elle me prenait la tempé avec un thermomètre, elle me donnait du sirop et de l'aspirine et je buvais de l'eau, elle a pas dû me dire plus de dix mots en deux jours, c'était tout le temps la même phrase :

« Eh bien dis donc ma fille, t'es pas bien toi. »

Mais enfin elle l'a quand même fait tomber ma fièvre et vachement vite, je sais pas ce qu'elle mettait dans le sirop mais ça m'a drôlement vite guérie. Seulement je me sentais faible et toute molle et j'avais pas de force. Garfunkel, il dormait sous l'édredon à côté de moi, il a dû dormir aussi longtemps que j'ai été malade, à mon avis il a récupéré des fatigues de notre nuit de fugue et peut-être que lui aussi il avait attrapé ma crève mais il en parlait pas. J'avais demandé à Mamo de lui mettre un seau avec du sable dedans pour qu'il fasse ses besoins et elle m'avait dit :

« Et puis quoi d'autre encore ? Il a qu'à faire dehors comme tout le monde. »

Mais il voulait pas sortir de la chambre et il devait avoir très peur de Médor. Alors elle a fini par apporter un seau mais je regardais de temps en temps en me redressant sur le lit et il y avait rien, Garfunkel avait l'air d'être complètement bloqué de ce côté-là, il faisait plus pipi et caca, plus rien.

Mamo, je la regardais un peu bouger dans sa maison et je l'entendais parler à Médor et se parler toute seule, elle était pas aussi désagréable qu'elle en avait l'air, je m'en rendais compte en fait que son problème, c'est qu'elle vivait toute seule, et qu'elle était toute vieille et qu'elle avait toujours quelque chose à faire et qu'elle arrêtait pas de s'occuper de ses vaches, c'étaient quatre malheureux machins en noir et blanc avec les pis qui pendouillaient que je voyais de temps en temps par la fenêtre, elle les rentrait, elle les sortait, elle traficotait partout dans sa petite maison, c'était pas le paradis. Et j'aurais voulu l'aider mais elle avait pas l'air de vouloir et en même temps on arrivait pas à bien se parler toutes les deux, elle me répondait toujours des choses courtes et pas agréables :

« Tu sais pas ce que c'est d'être seule ma pauvre fille. »

Le troisième jour ou le quatrième, je ne sais plus, j'allais vraiment mieux, alors j'ai mangé des trucs, des légumes du cochon, des trucs, et je suis sortie pour aller voir les vaches. En rentrant, Mamo m'a dit :

« Maintenant que t'es bien, je vais pouvoir aller à la ville, je reviens, tu gardes la maison ma fille. »

Je me suis dit alors que peut-être elle commençait à me faire confiance et que peut-être je pourrais vivre avec elle mais quand elle est partie et que je me suis retrouvée seule, j'ai eu un vrai coup de cafard. D'un seul coup j'ai pensé aux copines et à l'Autre et à maman et pas forcément dans cet ordre et j'ai eu envie de revoir tout le monde et j'ai paniqué. Je me suis dit que maman devait être au dernier degré de l'angoisse, que j'étais une dégueulasse de ne pas penser à la trouille que je devais lui filer et qu'elle me cherchait peut-être partout dans toute la France avec des gendarmes, enfin bref que j'étais une imbécile tarée débile capricieuse et égoïste. J'avais pensé à rien d'autre qu'à moi. J'étais vraiment aussi nulle qu'un adulte.

Alors j'ai dit à Garfunkel :

« J'en ai marre et je veux rentrer à la maison, pas toi ? »

Il m'a pas répondu. Je me suis retournée. Il était pas dans la cuisine. Je suis remontée dans la chambre à coucher, il y était pas non plus. Il avait pas touché à sa nourriture et le sable dans son seau était toujours propre. J'ai commencé à l'appeler :

« Garfunkel ! Garfunkel ! »

Et puis après j'ai appelé en faisant des pss pss avec mes lèvres, c'est des fois des choses qui le font venir quand il se cache sous un meuble ou qu'il s'est enfermé sans le faire exprès dans un placard, mais je l'entendais pas me répondre. Je l'aime tellement mon chat et je suis tellement habituée à lui que quand il est pas quelque part, je le sais tout de suite. Il y a comme une sorte de silence sans Garfunkel que je suis la seule à comprendre et à sentir. Et là je l'ai senti, ce grand silence. Il était plus là, il était plus dans la maison de Mamo, il s'était passé quelque chose. J'ai eu une trouille terrible, j'étais plus du tout malade plus du tout cafardeuse, il fallait absolument que je le retrouve, je pensais plus qu'à ça.

J'ai tout de suite pensé à ce gros chien-loup à la con qui pouvait pas encaisser les chats et je suis allée le chercher mais il était pas dans sa niche ni du côté des vaches ni nulle part, c'était pas normal. Les chiens comme ce crétin-là, c'est fait pour garder la maison quand leur maître ou leur maîtresse s'en vont. Alors je me suis dit que Garfunkel avait dû sortir pendant que Mamo ouvrait la porte et que Médor dès qu'il l'avait vu, il avait dû le courser et le chasser et que mon chat était quelque part perdu dans la nature. Parce que Garfunkel, dès le départ, c'était évident qu'il était contre tout ce que je faisais, mais je ne m'en rendais compte que maintenant. Il avait pas voulu s'opposer à moi et c'était évident qu'il aimait pas du tout cette maison ni Mamo ni l'atmosphère ni tout et tout. Un chat, c'est absolument pas fait pour bouger, pour le froid, pour la nuit pour tout ce cinéma pour les camions pour l'auto-stop pour les sacs dans le dos et pour toutes ces conneries incroyables et irresponsables que je lui avais fait subir. Et puis ça déteste les endroits inaccessibles. Alors, forcément, dès qu'il a pu, il a fichu le camp.

Il avait attendu que je sois guérie parce que c'est un génie de l'amour, mon chat, et il s'est d'abord préoccupé que j'aille à peu près bien mais dès qu'il a vu que j'allais bien, alors dès qu'on lui a laissé une porte ouverte, une seconde de trop, paf boum crac, il s'est barré.

Et tout ça, c'était ma faute.

J'ai mis mon blouson, j'ai mis des bottes pourries en caoutchouc qui étaient sous l'évier de la cuisine et je suis partie à la recherche de Garfunkel dans la campagne. Je criais partout, je l'appelais par son nom, puis je me taisais et j'attendais qu'il réponde et il se passait rien. J'ai vu arriver Médor. Il arrivait de l'autre côté de la petite route, il avait l'air bizarre, il est allé se mettre dans sa niche et il a pas bougé. J'ai dit :

« Toi, espèce d'ordure, tu sais ce qui est arrivé à mon chat. »

Mais il pouvait pas me parler. Ils répondent pas, les chiens. Ça parle pas. Je suis pas contre les chiens, j'aime tous les animaux absolument sans exception mais peut-être aussi qu'il y a des cons et des salauds chez les animaux c'est peut-être pas exclusivement réservé aux grandes personnes et s'il y en a, alors Médor il est en tête de liste.

J'ai couru dans les prés. J'ai traversé trois petits bouquets d'arbres et de buissons. J'avais plus de voix tellement je l'appelais. J'ai dû faire un très grand circuit à pied parce que je me suis retrouvée sur la grande route d'Arville avant le petit chemin qu'on prend pour rentrer chez Mamo. J'étais fatiguée, je pleurais, je sais plus ce qui m'arrivait. Et puis sur la route, celle où il y a encore du goudron avant qu'elle tourne pour qu'on prenne un chemin pour aller chez Mamo, je l'ai vu, Garfunkel, il était sur le goudron, il bougeait pas ; j'ai tout de suite compris qu'il était mort.

Il était presque coupé en deux. C'était certainement un camion ou un tracteur ou une grosse moto qui lui était passé dessus. Il avait dû paniquer, peut-être que Médor l'avait poursuivi dans toute la campagne, il avait dû me rechercher et donc recommencer par la route d'où on était arrivés, certainement que c'était ça, avec ses vibrations il avait compris d'où on était arrivé et puis il a dû se faire renverser par une auto ou quelque chose je ne sais pas quoi. Mais il était mort et pas seulement mort, il était affreusement esquinté mon Garfunkel. Il était éliminé. Voilà le mot, éliminé. Je trouve pas mieux pour le dire.

Je l'ai pris dans mes bras. Il était encore tout chaud. Je suis rentrée très doucement sans pleurer. J'essayais de me dire des choses, j'essayais de me dire qu'il était encore avec moi mais qu'il était aussi déjà parti dans le ciel, de l'autre côté du Vide, et qu'il avait rejoint mon hamster et je priais fort fort fort pour qu'il soit pas trop malheureux parce que sinon je pourrais pas vivre si j'avais pas au moins cet espoir, l'espoir qu'il était heureux ailleurs.

J'y voyais plus tellement j'avais les yeux et ma tête dans sa tête à lui pendant que je marchais. Quand j'ai relevé la tête juste avant d'arriver à la maison de Mamo, j'ai vu une voiture et j'ai reconnu celle de ma mère et j'ai vu maman qui courait vers moi en ouvrant ses bras et j'ai vu Mamo derrière elle et j'ai vu des gendarmes et une voiture comme ils en ont, bleue avec un truc sur leur toit, et j'ai vu que tout le monde s'arrêtait en me voyant – tout le monde sauf maman qui continuait à courir vers moi et qui criait et qui criait, elle était belle ma mère quand elle courait, j'étais tellement soulagée de la voir et alors moi j'ai crié aussi :

« Maman maman, Garfunkel est mort ! »

Mais je sais que j'ai crié aussitôt après :

« Oh maman je t'en supplie, pardonne-moi ! »

Elle m'a prise dans ses bras, elle sentait bon elle était douce, elle m'a dit qu'elle m'aimait, on a pleuré toutes les deux avec Garfunkel entre nous deux et j'avais l'impression qu'il pleurait aussi.

32

Après, on est rentrées toutes les deux vers Paris en voiture. Après, elle m'a tout raconté. Maman m'a tout expliqué. Elle m'a expliqué que c'était Mamo qui lui avait téléphoné en douce les premiers jours de mon arrivée et de ma maladie. Mamo, elle avait été géniale. Elle est allée au bureau de tabac d'Arville, elle avait demandé les renseignements, elle avait obtenu le numéro de mes parents. Elle avait dit à maman qu'il valait mieux qu'elle vienne quand je serais guérie. Et maman, de son côté, elle avait attendu deux jours pour venir parce que entre-temps elle avait essayé de retrouver mon père. Et c'est comme ça que j'ai compris que mon père il avait voulu quitter maman. Et que c'était pas du tout un voyage aux États-Unis en Amérique. Et que ma mère, elle avait encaissé tout ça sans rien me dire. Et qu'avec papa, ils s'étaient expliqués après. Et qu'il y avait eu, comme ils disent, une Crise, il paraît que ça arrive à tous les adultes. Et que moi, dans la crise, comme je les avais lâchés tous les deux et que je leur avais fait très peur, ils avaient décidé d'essayer de recommencer à vivre ensemble comme des parents normaux et de mieux m'élever et de mieux m'aimer.

Mais pourquoi alors papa il était pas venu me chercher avec elle, j'ai demandé.

Maman m'a dit que c'était elle qui avait décidé de venir seule. Elle voulait me parler à moi toute seule parce que j'étais sa fille chérie, elle voulait me montrer qu'elle tenait à moi vraiment, elle s'était fait tant de souci pour moi.

Alors, pour la première fois depuis longtemps, j'ai dit à maman qu'elle avait eu raison et que j'étais heureuse d'être seule avec elle en voiture. Même si ça me fendait le cœur que dans le coffre à l'arrière dans une petite boîte, il y avait le corps de Garfunkel.

33

Quand on est rentrées j'ai pas voulu retourner tout de suite au lycée. Mes parents, et mon père, ils ont été très sympas, ils m'ont dit tu prends tout ton temps et on est restés tout le temps ensemble. On a fait des tas de choses ensemble. La seule chose que je faisais seule c'est que j'allais voir l'Autre pratiquement tous les jours. Ça a duré trois quatre jours, on écoutait de la musique, on était bien, je lui ai tout raconté.

En rentrant de chez lui, le deuxième jour, ma mère m'a dit :

« Viens voir. »

Et elle m'a amenée dans la cuisine et là il y avait un tout petit chat, tout petit petit tout petit tout mignon tout minouquet, un Blue-Point exactement comme Garfunkel mais en tout petit en dix mille fois plus petit plus jeune. J'en revenais pas. J'étais intersidérée, sciée, dépouillée, j'en croyais pas mon cœur. Ma mère m'a dit :

« Il est pour toi, je l'ai cherché partout. Et tu sais comment tu vas l'appeler ? Tu vas l'appeler Simon. »

Alors j'ai dit à ma mère :

« T'es géniale, maman. »

J'ai joué avec le petit Simon pendant toute la soirée. Le lendemain, j'allais vraiment bien. Et alors j'ai décidé d'aller faire un tour dans le quartier, de ressortir un peu, et je me suis retrouvée sans le faire exprès devant le café où j'avais eu Garfunkel sur mes genoux pendant des heures et où j'avais réfléchi et où sans doute c'était là que tout avait commencé. Tout de ma véritable fugue, la vraie, celle qui avait mal tourné. Alors je sais pas pourquoi j'ai voulu rentrer dans le café. Il y avait le même garçon à moustaches rousses. Je lui ai commandé un Coca. Il m'a reconnue. Ça m'a fait un drôle d'effet qu'on se retrouve. D'un seul coup, en le voyant, ça m'a fait penser à tout le reste, au taxi qu'avait été dégueu avec mon chat, à Patrick cet imbécile, et à Grosses Lunettes qui pleurait, et à Mamo, et je les voyais tous défiler devant mon verre de Coca et même si ça avait été une sale histoire dans l'ensemble, même si ça avait été drôlement dramatique et même si au fond ça avait été affreux ce qui m'était arrivé, et ben de les revoir dans mon verre de Coca, ça me faisait le même effet que de revoir le garçon à moustaches rousses, je les aimais tous bien. Le garçon, il m'a dit :

« Ça va mademoiselle ? Vous avez toujours l'air un peu bizarre quand vous venez ici. »

J'ai dit :

« Non non, ça va bien maintenant. »

J'ai bu mon Coca, j'ai attendu, et je me suis sentie tout en paix d'un seul coup et alors seulement je suis sortie.

34

À ce moment-là, c'était le 7 février, c'est une date que j'oublierai jamais, j'ai eu chaud dans mes jambes, mais pas comme j'avais eu avant.

J'ai senti que ma culotte était toute mouillée mais c'était pas du tout du pipi, il y a bien longtemps que je fais plus pipi sur moi faut quand même pas exagérer – j'ai même pas eu besoin de regarder ou de toucher pour comprendre que ça n'avait rien à voir. J'ai tout de suite compris ce qui m'arrivait.

Peut-être que j'avais commencé à avoir chaud liquide entre mes jambes dans le café, mais comme il était déjà très chaud, cet endroit, et que j'étais assise sur la banquette, je m'étais aperçue de rien et c'est seulement en me levant et en sortant que ça m'a prise. J'ai pas osé bouger. J'ai paniqué. J'ai eu l'impression que quelqu'un m'avait prise par-dessous les pieds sur le trottoir et m'empêchait d'avancer tellement j'étais paralysée sur moi-même, impossible de bouger, on m'aurait clouée au sol avec un marteau et des clous, j'aurais pas plus bougé que ce qui m'arrivait. Je savais absolument pas quoi faire et j'osais plus avancer tellement j'avais peur que ça se voie partout et que mon jean il soit tout taché devant et derrière et qu'il y ait des litres de sang qui me coulent sur mes mocass et sur le trottoir et qu'on m'arrête en me disant :

« Arrêtez de marcher, mademoiselle, vous êtes en train de saigner ! »

Mon problème, c'était que je savais absolument pas quoi faire.

Les copines, j'avais quand même plus ou moins réussi à leur faire dire des choses sur la première fois qu'elles avaient eu leurs règles, et ce qui leur était arrivé, et ce qu'elles avaient fait, elles m'avaient toutes plus ou moins dit comment ça se passait, mais c'était comme pour tout ce qui m'arrive dans la vie. Il y a toujours une différence tellement incroyablement absolument énorme entre ce que les gens vous racontent et ce que ça vous fait quand ça vous arrive à vous ! Les copines, par exemple, elles m'avaient dit :

« T'en fais pas, c'est rien, ça fait un peu mal mais c'est rien, c'est même plutôt intéressant comme sensation ! »

En fait, elles avaient dû me raconter des blagues énormes, elles avaient frimé, et c'est pour ça que je dis que tout le monde ment, même les enfants – sauf qu'on est plus des enfants. Je suis sûre qu'elles s'étaient pas plus marrées que moi quand ça leur était arrivé, sauf que moi, avec mon manque de bol extraordinaire, moi ça m'arrivait sur un trottoir à la sortie d'un café. Je me suis dit que je pouvais quand même pas rester comme ça toute ma vie clouée dans la rue avec ce truc chaud et bizarre entre mes cuisses et avec cette drôle de gêne qui commençait à me venir de partout tout autour de mon ventre et dans mon ventre. Je me suis dit que c'était le moment ou jamais de faire quelque chose toute seule, sans l'aide de personne, pas plus que de l'Autre ou de Maman ou de Garfunkel qui était mort de toute façon, le pauvre, il fallait que je me débrouille et que je m'en sorte toute seule comme une grande.

Alors je suis retournée dans le café. Ce que j'ai fait, c'est que j'ai fait 3 mètres en arrière à reculons en essayant pratiquement de pas bouger mes jambes le moins possible, parce que j'avais peur que ça coule partout, et j'ai marché très très doucement et j'ai serré mes jambes comme un canard qui voudrait pas perdre son œuf qu'il vient de pondre mais l'œuf est pas encore tombé de son derrière. Quand je suis rentrée dans le café et que le garçon m'a vue rentrer à reculons, il m'a dit :

« Mais qu'est-ce qu'il vous arrive mademoiselle, vous avez oublié quelque chose ? »

J'ai dit :

« Non non mais je ne me sens pas très bien, est-ce que je peux utiliser vos toilettes ? »

Il a dit :

« Bien sûr, c'est au fond en bas près du téléphone. »

Je suis descendue vers les toilettes les jambes toutes raides marche après marche l'une après l'autre comme si j'avais peur de tout perdre, je me suis enfermée dans les toilettes et j'ai tout vu, j'ai même touché et c'était pas de la blague, mes règles je les avais, ça il y avait pas de doute là-dessus.

J'étais pas heureuse, j'étais pas malheureuse, je me demandais même pas si c'était un événement intersidéral ou quoi ou qu'est-ce, j'essayais seulement de trouver une solution pratique à un problème de propreté immédiat. Alors j'ai pris le gros rouleau de papier-toilette et je me le suis entouré tout autour du ventre sous le bas du ventre tout autour des cuisses avec, comme si c'était une énorme bande de pansements, je crois qu'ils appellent ça des bandes Velpeau. Comme un gros pansement en papier. Tout le rouleau y est passé. Ça me faisait un ventre énorme et des jambes énormes et des entrejambes énormes. Je ne sais pas très bien comment je me suis débrouillée pour fermer la ceinture de mon jean avec tout ça. Je ne sais pas non plus quelle allure je devais avoir en remontant des toilettes. À mon avis, je boitais. Mais il fallait bien faire avec.

Je suis rentrée à la maison.

35

Elle est rentrée chez Elle.

Elle a tout raconté à sa mère. Elles en ont un peu parlé, mais comme s'il s'était rien passé d'important. Elle s'est retirée dans sa chambre.

Elle s'est lavée et Elle s'est changée.

Elle a passé la soirée et la nuit avec ce truc en Elle.

Le lendemain matin en se levant, Elle s'est rechangée. Elle n'était pas habituée à ça en Elle et ça l'a plutôt embarrassée et encombrée plutôt qu'autre chose. Ça lui faisait un peu mal mais c'était pas vraiment du mal, c'était pas comme quand on souffre ou qu'on est malade, c'était autre chose, c'était quelque chose qu'arrive pas tous les jours.

Elle a réfléchi que ça y était donc maintenant, et que toute sa vie, trois ou quatre ou cinq ou six jours par mois, Elle serait obligée d'avoir cette gêne en Elle et avec Elle, et Elle s'est demandé pourquoi Elle avait tellement mais tellement désiré que ça lui arrive.

36

Ce matin, en me levant, j'ai pris une grande décision, et j'ai décidé d'arrêter d'écrire dans ce cahier.

Maintenant que je suis une femme, même si je suis pas encore une femme, j'ai moins qu'avant besoin d'écrire ces choses qui m'arrivaient et tout ce qui me passait par la tête.

Je sais bien que rien n'a vraiment changé et que j'ai pas vraiment changé mais c'est bizarre, j'ai plus envie d'écrire mes histoires. Je ne sais même pas si je vais parler de tout ça à mes copines. Peut-être que je vais pas leur dire que j'ai eu mes règles. Peut-être que je vais pas faire comme elles et crâner et que je vais leur faire au contraire le coup de la Grande Indifférence. De toute façon, j'ai d'autres choses à faire plus importantes dans ma vie que de m'occuper de frimer avec mes copines, par exemple j'ai à m'occuper de quelqu'un d'autre que moi : l'Autre. Et puis il faut que je voie ce qui va se passer avec mes parents entre eux, ce qu'ils vont faire, et comment ce qu'ils vont faire va changer ma vie, maintenant qu'on est une Famille.

Je me suis longtemps demandé pourquoi j'avais eu mes règles après toutes les histoires que j'avais connues et tous les problèmes et toute mon aventure, et la mort affreuse de mon pauvre Garfunkel, j'ai bien réfléchi et je me suis dit que si on saigne, c'est parce qu'on souffre. Et au fond, c'est seulement quand on a souffert qu'on a le droit de les avoir, ses règles, parce que ça doit être un peu comme une récompense.

Quand les gens vous disent qu'ils ont le cœur qui saigne parce qu'ils souffrent ou qu'ils sont malheureux, alors je suppose que c'est pareil, que c'est ça pour les femmes, elles ont le cœur qui leur saigne par les jambes, une fois par mois, pour faire partir tous les ennuis qu'elles ont eus pendant ce mois-là. Ou tous les ennuis qu'elles auront pendant le mois qui va venir.

Ce qui n'est pas normal, c'est que même si elles ont pas du tout été malheureuses, ce qui peut quand même arriver dans la vie, ça fait rien, pof, à la même date, le cœur vous saigne quand même à travers les jambes. C'est pas très juste comme système. Les hommes, ils ont plus de chance que nous. Mais ils doivent avoir d'autres façons de saigner du cœur, eux aussi. Y a pas de raison qu'on soit les seules à déguster dans la vie. À mon avis, les hommes aussi ils ont leurs règles, mais ça se passe autrement dans leur physique, c'est tout. À mon avis, tout le monde saigne d'une façon ou d'une autre.

Enfin voilà quoi, c'est la Fin du cahier de Stéphanie. Peut-être que je le rouvrirai mais pas tout de suite. Ça me prenait tellement de temps d'écrire tout ça, mais c'est parce qu'aussi j'avais rien à faire d'autre. C'était tellement dur de trouver les mots, j'arrivais jamais vraiment à bien raconter tout ce qui m'arrivait, je suais sur mon cahier, ça me prenait des heures et des heures, des fois j'ai mis une heure entière pour écrire un mot.

Pour l'instant, mes cahiers, mes pleurnichades, c'est fini tout ça, je crois que je vais m'écraser un peu. Je voudrais m'oublier. Voilà ce que je voudrais faire.

J'ai quand même tout relu ce que j'avais écrit d'un seul coup, ça m'a pris du temps, j'ai relu le passage au début où je disais au début que je voulais arrêter la vérité, comme on fait au cinéma quand on arrête l'image. Je crois pas que j'y suis arrivée. Je crois pas que c'est possible. Je crois que c'est des choses impossibles à faire. Mais si on essaie pas de faire des choses impossibles, alors on devient un Être Humain Absolument Banal et ça, je le serai jamais, ça au moins c'est sûr ! Même si je saigne maintenant comme toutes les autres femmes, je me jure que je ne serai jamais une femme comme les autres.

Enfin, je vais essayer. Je sais que là-haut dans le ciel, Garfunkel est en train de me regarder pendant que je suis en train d'écrire et je sais qu'il a envie de me dire que j'en suis cap', d'être quelqu'un pas comme les autres.

Le chat Simon, lui, il me parle pas encore. Il est encore trop jeune. On se connaît pas bien et ça va nous prendre du temps. L'amour, ça prend du temps.

Ce volume a été composé
par Asiatype
et achevé d'imprimer en janvier 2007
par ***Bussière***
à Saint-Amand-Montrond (Cher)
pour le compte des éditions Lattès

N° d'édition : 88016/01 – N° d'impression : 070089/4
Dépôt légal : janvier 2007
Imprimé en France